願《ねが》いごとは口《くち》にしない

谷《たに》崎《ざき》 泉《いずみ》

ILLUSTRATION：麻《あ》生《そう》 海《かい》

願いごとは口にしない

LYNX ROMANCE

CONTENTS

007　願いごとは口にしない
259　あとがき

願いごとは口にしない

1

大森朔実《おおもりさくみ》がその人と初めて会ったのは、小雪の舞う、冷たい真冬の日だった。

傘を持って行きなさいよ。何気ない一言をかけてくれる相手を失《な》くし、朔実が何もかもを自分で判断しなくてはならなくなって、半月ほどが経《た》っていた。毎日をそれなりに送っていたが、急な天候の変化を読む術《すべ》までは身についていなかった。学校の置き傘は誰かに持って行かれてしまっていて、仕方なく、冷たい霙《みぞれ》の降りしきる中を濡れて帰った。

幸い、学校と自宅の間にさほどの距離はなく、走れば五分ほどしかかからない。小走りで通い慣れた道を駆け抜け、マンションのエントランスに逃げ込んで滴《しずく》を払った。古いマンションのエレヴェーターにはいつも故障中の張り紙がされていて、動いていることの方が少ない。

幼い頃から最上階である六階で暮らしてきた朔実は、階段を上がるのにも慣れていた。一段抜かしであっという間に六階に辿《たど》り着《つ》き、角部屋である自宅に着くと、ポケットから鍵を出す。茶色のペンキで塗られた鉄製のドアを開けて中へ入り、施錠してから、靴を脱いだ。

荷物を居間のソファに投げ捨ててから、浴室のタオルを取って来て濡れた頭を拭いた。まだ三時なのに部屋の中は暗く、とても寒い。でも、エアコンをつける気にはなれなかった。電気を使えばお金がかかる。少しでも節約して、何とか、あと三年、やり過ごさなくてはいけない。

子供の考えだと呆《あき》れた口調で言った女の顔を思い

出し、朔実は顰《しか》めっ面になって息を吐いた。誰に何を言われても自分はここを動くつもりはないのだと、ふとすれば揺らぎそうな心に言い聞かせるようにして強く思い、ソファに投げ捨てた鞄《かばん》から宿題を取り出す。薄暗くても、字が見える内に宿題を済ませておかなくてはいけなかった。

小腹も空《す》いていたけれど、それは無視して、算数の宿題を始めた時だ。ピンポンとチャイムが鳴った。

「……」

エレヴェーターが壊れているマンションの六階まで、勧誘に来る物好きはいない。訪ねて来る人間に心当たりのあった朔実は、立ち上がることなく、計算を続けた。けれど、チャイムはまた鳴る。

電話をかけて来られるのも鬱陶《うっとう》しくて、線を抜いた。だから、直接訪ねて来るしかないのは分かるが、自分の考えは既に伝えたし、変わらない。しつこくされるのは腹立たしく、三度目のチャイムで苛《いら》つきを抑えられなくなった。

眉間に皺《しわ》を浮かべて玄関へ行くと、息を潜めてドアスコープから外を覗《のぞ》いた。またあの女だろうと思っていたが、ドアの前に立っていたのは見知らぬスーツ姿の男だった。あの女が別の人間を連れて来たのか、もしくは、担当者とやらが変わったのかは判断がつかなかった。

どちらにしても自分に有益な訪問者だとは思えず、朔実は相手が立ち去るのを待つことにした。チャイムがまた鳴る。続けてドアをどんどんと叩《たた》かれ、すぐ傍《そば》に立っていた朔実は息を呑《の》んだ。

「っ…」

「大森さん。いらっしゃいますか？　僕は弁護士の平野《ひらの》と言います。大森さん。いらしたら、出て下さい」

薄いドア越しに聞こえた内容は訝《いぶか》しくなるものだった。弁護士に訪ねて来られる覚えはない。それに「大森さん」と呼びかける彼は、もしかして知らないのではないかと思われた。

朔実はしばし考えた後、ドアガードはかけたまま、ロックを解除して少しだけ扉を開けた。隙間から外を覗くと、平野と名乗った男も同じようにして覗いて来る。

「こんにちは。大森朔実さんですね？」

「……」

平野が「大森朔実」と自分の名前を口にしたのに驚き、朔実は少し後ずさった。平野は事情を知らずに訪ねて来たのではと思い、事実を伝えようとしたのだが違うようだった。自分に用があるのだとすれば、あの女が関わっている可能性が高いと考え、朔実はドアを閉めようとした。しかし、平野はそれを察して、ドアの端を摑《つか》んで来る。

「ちょ…っと、待って下さい。僕の話を聞いてくれませんか？」

「…俺はここから動かないって決めてるんです」

「何か…勘違いをしてませんか。僕は行政機関とは関係ありません」

低い声で決意を告げた朔実に対し、平野は困ったように眉を下げ、そう言った。行政機関の関係者ではないと聞き、朔実はドアノブを引く手を止めたが、今度は別の疑問が生まれ、隙間の向こうに見える平野の顔をじっと凝視した。

ならば、平野はどんな理由があって自分を訪ねて来たのだろう。朔実の疑問を読んだ平野はドアを再び閉められるのを恐れ、口早に告げた。

「あなたの叔父さんに頼まれて来たんです」

「叔父？」

「はい。亡くなった大森柊子《しゅうこ》さん…の弟さんです」

叔父。弟。平野が口にしたのは何でもない言葉だったけれど、朔実には大きな意味合いを持っていた。衝撃を受け、何も言えないでいる朔実に、平野は落ち着いた声で知らなかったのかと聞いた。

朔実はぎこちなく頷《うなず》き、平野をじっと見据えた後、鍵を開けるから手を放して欲しいと頼んだ。平野が離れると、朔実は一度ドアを閉め、大きく息を吐いてからドアガードを外す。叔父。自分に叔父がいた。その事実が自分にどのような影響を及ぼすのか、十二歳の朔実には全く想像がつかなかった。


玄関のドアを開け、招き入れた平野は小柄な男で、朔実と身長が変わらなかった。ドアの隙間越しに話していた時も視線が同じだったのだが、対面してみるとその事実が顕著になる。

「六年生と聞いてますが…、背が高いですね」

「はい…。でも、俺より大きい奴《やつ》もいます」

「何センチあるんですか？」

「七十…くらい、です」

それじゃ、自分よりも高いくらいだと平野は更に驚き、部屋に上がらせて貰《もら》ってもいいかと確認する。朔実は頷き、平野が靴を脱ぐのを待って、廊下の奥にある居間へ案内した。電気の点《とも》っていない部屋は薄暗く、暖房もついていないので寒い。平野は薄暗い部屋を見回し、居間の隣の和室にある写真立てを見つけた。

「…葬儀は出されたんですか？」

「葬式とか…そういうのはやってません。母が働いていた職場の人が…火葬場の手配なんかはしてくれたので…」

「大変でしたね」

平野の労《ねぎら》いに朔実は何も言わず、ソファに座るよう、勧めた。テーブルの上に広げてあった宿題のノートを片付け、その横に正座する。平野はコートを着たままソファに座り、足下に黒い鞄を置いた。

朔実の母である柊子が突然、この世を去ったのは、冬休みが終わって間もなくの頃だった。朔実が学校から戻って来ると、柊子が廊下で倒れていた。急いで救急車を呼んだが、柊子の意識は戻らないまま、翌朝、病院で息を引き取った。くも膜下出血だった。

朔実に父はおらず、十二になるまで、母の親類にも一人として会ったことはなかった。母からは皆亡くなったと聞かされていた。祖父母に会いたいという気持ちもなく、別に不自由なく暮らして来たのだが、母の死は朔実を窮地に陥れた。

身寄りのない、十二歳の朔実は同じ生活を続けることを許されなかった。学校から連絡を受けた児童相談所の担当者が朔実の元を訪れ、児童養護施設への入所を求めた。子供が一人で暮らしていけるわけがないのだから。担当者の女性にそう諭されても、朔実は理解が出来なかった。

母と二人暮らしだった朔実は生活に必要なスキルは全て身につけていた。料理だって掃除だって洗濯だって出来る。出来ないのはお金を稼ぐことくらいだ。幸い、マンションの部屋は母のもので、家賃もいらなかった。だから、母が残してくれた保険金と、多少の蓄えでやっていけると説明したのに、区役所の担当者は決して納得しなかった。

その保険金だって未成年には受け取れないし、口座に残っているお金だって、勝手には使えないのよ。子供には保護者が必要なの。朔実には何度言われても納得出来ない内容で、彼女が自分を助けようとしているとはとても思えなかった。

早く面倒ごとを片付けたい。同じ話を繰り返す担当者からそういう雰囲気を感じ取った朔実は、話すのを避けるようになった。四月からは中学に上がる。あと三年、義務教育を終われば自分で働けるようにもなる。それまで戦っていこうと決め、誰からも干渉されない為《ため》に、自分なりのルールを作ってひっそりと暮らして来た。

そこへ突然、「叔父」という存在を持ち込んで来た平野を、朔実はじっと窺《うかが》い見る。はかるような目つきで見られた平野は、小さく苦笑し、事実を確認したいと切り出した。

「お母さんからは…親族についてはどのように聞いていたんですか？」

「親は死んだと…。弟がいるなんて話はしてませんでした」

「…そうですか。…実は大森柊子さんの弟さん…賢《けん》一《いち》さんというんですが、二人は歳《とし》が離れていた上に、賢一さんは高校生の頃、家を出て、それから一度も家族には会ってなかったんです。なので…お母さんも賢一さんは死んだものと考えていたのかもしれません」

「家を出て…って…じゃ、どうして母が亡くなったのが分かったんですか？」

「賢一さんは街で偶然お母さんを見かけて、密かに調べたところ、柊子さんが息子さんとここで暮らしているのを知ったようです。いつか会いたいと思っていたのが叶《かな》わないまま、柊子さんは亡くなり…、朔実さんが困っているのを知って、僕に相談されたんです」

平野の話から、「賢一」という叔父が自分を助けたいと考えてくれているのだと察せられた。しかし、朔実は決して喜べなかった。叔父に一緒に暮らそうと言われたらどうしよう。ここを出て知らない誰かと暮らさなきゃいけないのなら、児童養護施設と同じことだ。

微《かす》かに表情を厳しくする朔実を、平野は注意深く観察していた。朔実の反応を見逃さないよう、視線を留めたまま、叔父である賢一の意向を伝える。

「…賢一さんは朔実さんの力になりたいと考えておられます。一度、会ってみませんか」

「……。俺は…」

「失礼ながら、ここに来る前、児童相談所の担当者と会って来ました。朔実さんはここで暮らし続けたいと望んでいるようですが、世の中というのは子供に都合よくは出来ていません。児相側は朔実さんが小学校を卒業するのを待ち、その後、強制的にでも施設に移らせようと考えているようです」

強制的と平野が言うのを聞き、朔実は苦々しい表情になる。何処《どこ》までも自分は戦うつもりだが、子供には不利なことだらけだというのも分かっていた。唇を引き結ぶ朔実に、平野は賢一と会うことを重ねて勧めた。

「突然の話で朔実さんが戸惑うのも分かります。ですが、僕から見て、朔実さんの希望を叶えられそうなのは賢一さんの方だと思います。会ってみてから考えてもいいんじゃないでしょうか」

平野は上から決めつける物言いはせず、あくまで朔実の意志を尊重するとつけ加えた。自分自身が弱い立場であるのを理解はしていた朔実は、迷いながらも、平野の勧めに頷いた。賢一という叔父が、どういう人物であるのかは想像もつかなかったが、実際会わなくては判断のしようもない。了承した朔実に、平野は明日の午後四時に駅前の喫茶店で待っていると言い残して帰って行った。

翌日も晴れ間は見えず、今にも雪が降り出しそうな鈍色《にびいろ》の雲が低く垂れ込めていた。昼からは風も強くなり、朔実が学校から帰宅する頃には粉雪が舞い始めた。誰もいない部屋に帰ってしばらく過ごしてから、待ち合わせ時刻にあわせて再度出かけた。

平野が指定した喫茶店は私鉄の駅にほど近い、雑居ビルの一階に入っていた。前を通りかかったことはあるが、入った覚えはない。看板にはコーヒー専門店と書かれており、その下に「すみれ」という店名が見えた。平野から聞いた名前と一致しているのを確かめてから、朔実は恐る恐るその店のドアを押した。

母はコーヒーを好まず、家にもコーヒーの類いはなかった。だから、朔実もコーヒーを飲んだことがない。店の中に漂う香ばしい豆の香りが朔実には煙たく思え、同時に見知らぬ世界への畏怖を抱《いだ》かされた。

子供が入ってはいけないように思い、店に入ってすぐのところで足を止めた。ファミレスとは違い、お一人様ですかと聞いてくれる店員もいない。どうしたらいいのかと戸惑ったところで、「朔実さん」と呼ぶ平野の声が聞こえた。

ほっとして店内を見回すと、平野は壁際の席におり、手を挙げている。四人がけのテーブル席についている彼の前に、一人の男性が座っているのが見えて、朔実はどきりとした。

背を向けているその人が、叔父の「賢一」なのだろう。朔実は深呼吸してから、平野の席に歩み寄って行った。

朔実が近づき始めるのと同時に、平野の前に座っていた男性が立ち上がる。そして、振り返ったその人を見て、朔実は小さく息を呑んだ。

叔父の賢一だと思われる男性は、朔実が想像していたのとは全く違う相手だった。十二歳の朔実にとって想像の参考になる人間が少なかったせいもある。大人の男性として思い浮かぶのは学校の先生で、その幾人かと似た面影を念頭に置いていたのだが、賢一はそれまで朔実が会ったことのないタイプの人間だった。

賢一は考えていたよりもずっと若く、何より、綺《き》麗《れい》だった。男に綺麗というのはおかしいと思いながらも、朔実は他の言葉が思いつかなかった。特に澄んだ瞳は光っていて、自分を捉えたそれが、期待に満ちたように大きく見開かれるのが、誇らしげに思えた。

この人が…俺のおじさん。そう、心の中で言葉にしてみると、信じられないような…何か特別なご褒《ほう》美《び》を貰ったような気持ちになった。近づいて来た朔実に、賢一はぎこちない、少し不安げな笑みを浮かべ、頭を下げた。

「朔実さん、こちらへ」

平野に促された朔実は無言のまま、賢一の向かい側に腰を下ろした。賢一も座り直し、朔実を見る。緊張しているのか、微かに伏せたまつげは長く、切れ長の瞳の下にある涙袋に影を作っていた。

賢一は白いシャツに鼠色《ねずみいろ》のカーディガンを着ていた。落ち着いた服装は賢一の年齢を分からなくさせる。平野から母と歳が離れていると聞いてはいたものの、叔父という言葉から抱くイメージは平野と似たような年頃の男性だった。しかし、目の前にいる賢一は平野よりもうんと若いように見える。

不躾《ぶしつけ》にならないよう、そっと賢一を観察していると、店員が水を運んで来た。平野が何を注文するのか朔実に尋ねる。

「朔実さんはジュースとかの方がいいですよね」

「あ…いえ。大丈夫です」

「コーヒー、飲めるんですか?」

驚くように聞く平野に、朔実は反射的に頷いていた。一度もコーヒーを飲んだことがなかったのに、背伸びをしてしまった自分に気付かないほど、朔実は賢一のことで頭がいっぱいだった。賢一を見ている内に、別の不安が浮かんで来ていたせいもある。

この、若くて綺麗なおじさんは、自分をどう助けてくれるつもりなのだろう。賢一の美徳はたくさんあるのだろうが、それが自分の役に立つとはとても思えなかった。児童相談所の担当者が繰り返していた「保護者」や「後見人」といった言葉は、賢一には縁遠く感じられる。

昨日、平野が訪ねて来て、叔父である賢一に会うことになってから、朔実は様々なシチュエーションを考えていた。叔父に家族がいて、一緒に暮らそうと言われたらどうするか。施設に入るよりはそっちの方がマシだろうか。迷惑はかけないと約束するから、今の生活を続けさせてはくれないだろうか。

母が亡くなってから多くの不安を抱えて来たけれど、新たに生まれた不安はそれまでの漠然としたものとは違った。これで自分のこれからが決まるという予感があって、朔実はよく眠れないまま一夜を明かした。

そして、対面した賢一は、朔実が考えたどのパターンとも違う結果をもたらしそうな人物だった。いや、何も変わらないのかもしれない。この若い叔父は、甥《おい》に一度会ってみたかったという、軽い気持ちで来ているのだとしてもおかしくはない。

　ころころと形の変わる不安は不定形なまま、大きくなっていくばかりだった。賢一が何も話さなかったせいもある。平野は様子を見ていたが、しばらくして、「大森さん」と声をかけた。

　しかし、賢一は目線を伏せたまま反応しない。平野は小さく息を吐き、賢一に合図するようにテーブルを軽く二度叩いた。

「大森さん」

　その音に気付いた賢一は、はっとした顔で平野を見る。表情で話すように促す平野に、賢一は頷き、息を吸って朔実を見た。

「…初めまして。……大森…賢一です…」

「初めまして。朔実です」

　躊躇《ためら》いがちに名乗った賢一の声は、その容貌に似つかわしい、静かで澄んだ声だった。賢一は聞き取れないほどの小さな声で「朔実くん」と繰り返し、小さく微笑《ほほえ》む。それからまた、何も言わなくなってしまった。

　朔実は困ってしまい、平野を見た。平野も同じように困り顔をしており、賢一を再び促そうとした時、店員がコーヒーを運んで来た。後から来た朔実の分も一緒に、三人分のコーヒーを置いて店員が去って行く。

　朔実は自分の前に置かれた真っ黒なコーヒーをじっと見つめた。見た目だけでもとても苦そうで、美味《おい》しく飲めそうには思えない。つい流れで頼んでしまったのを後悔しても遅く、手をつけないままでいようかと思ったのだが、賢一に背伸びをしたと見られるのは避けたかった。

　意を決してカップを持ち、一口飲む。見かけ通りの苦さに閉口し、顰めっ面になってしまいそうなのを堪《こら》えてカップを戻すと、視線を感じた。

「……」

前の席から自分を見ていた賢一と目が合ってどきりとする。コーヒーが飲めないことを見抜かれたのかと案じる朔実に、賢一は「左利きなんですね」と驚いたような顔つきで言った。

「…あ、はい」

右利きの方が一般的ではあるが、左利きの人間も多い。少なくとも、驚かれるようなことではないと思っていた朔実は、賢一がどうしてそこに目をつけたのか不思議だった。それよりも、もっと話さなくてはいけないことがあるような気がする…と朔実が考えたのと同じく、話を進められない賢一を案じた平野が、代わって口を開いた。

「賢一さんは朔実さんの希望を出来る限り叶えたいと考えています。朔実さんは…あの部屋で今まで通りの生活を送りたいと思っているんですよね？」

「はい」

未成年だからという理由で、一人で生活していくのを反対する大人たちを、誰かが何とかしてくれればと願っていた。誰にも迷惑はかけない。ただ、自分があそこにいるのを許して欲しいだけだ。そう思って、朔実は賢一に向かって頭を下げた。

「俺には…保護者が必要らしいんです。それを…おじさんにお願い出来たら…助かります。迷惑はかけないと約束します。母が残してくれたお金で…あと、三年間、何とかして…、中学さえ卒業出来れば、働くことも出来ますから…」

「…高校に行かずに働こうと思ってるんですか？」

問い返す賢一の表情が曇っているのは、朔実にも分かった。朔実は同情を引くつもりはなく、毅然《きぜん》とした顔つきで、母の死後、考えて来た現実的なプランを伝える。

「勉強は嫌いじゃないので…定時制に通えればと思っています」

「大学は？」

「そこまでは…」

たぶん無理だと思う…と答えた朔実に、賢一はやりたいことはないのかと聞いた。卒業文集で将来の夢を書けと言われ、どうしても思いつかなかった苦い思い出が蘇《よみがえ》る。朔実は微かに表情を曇らせ、首を横に振った。

「…特には」

「じゃ、これから見つかるかもしれませんね」

小さく笑った賢一が返した言葉は、厳しい現実に身を置いていた朔実には気軽過ぎるように感じられ、小さな苛立ちを覚える。自分が目の前の暮らしを守っていくので精一杯なのを、この人は分かってくれているんだろうか。

そんな危惧を抱く朔実から視線を外し、賢一は平野を見た。窺うような目で見る賢一に、平野は自分で話すよう、ジェスチャーで仕向ける。賢一は小さく息を吐いて、再度朔実を見た。

「…朔実くんが…大人になるまで、俺と一緒に暮らしませんか？」

「……」

「朔実くんがあそこを離れたくないのであれば、俺を一緒に住まわせて下さい。別のところでもいいのなら、新しく部屋を借ります。朔実くんの希望に従います」

賢一に会うまでは、叔父に家族がいたら、一緒に暮らさないかと言われるのではないかと考えていた。だが、賢一に家族がいるようには見えない。新しく部屋を借りるというのだから、一人暮らしなのだろ

う。

　それを確認する朔実に、賢一は頷いた。

「ですから…二人暮らしということになります」

「でも…俺は一人でも平気なので…」

　保護者だと名乗ってくれるだけでいいと言う朔実に、平野がそれは問題があると諭す。

「確かに朔実さんは年齢よりもしっかりしてるし、一人で暮らすのにも不自由はないのかもしれません。しかし、周囲の大人はそうは考えないものです。たとえ、書類上だけの保護者を揃《そろ》えたとしても、想定外の問題が出て来るものですよ」

「……」

　平野の言う意味は理解出来て、朔実は脚の上に置いた拳を握り締めた。迷惑をかけないとか、一人でも平気だとか、そういう問題じゃないということを、児童相談所の担当者にも繰り返し言われた。自分への歯がゆさと戸惑いに揺れ、何も言えないでいる朔実に、賢一は優しく言う。

「考えてみてくれませんか」

　朔実は賢一を見ることが出来ず、返事も出来なかった。自分の思い通りにはならないのだと諦め、何が自分にとって最良なのかを見極めなくてはいけない。俯《うつむ》いたまま考え込む朔実の傍で、賢一と平野はコーヒーを飲み干した。

　朔実は結局、コーヒーを一口しか飲むことが出来ないまま、喫茶店を出ることになった。外に出ると既に日は暮れていて、天気が悪いこともあり、真っ暗になっていた。粉雪は相変わらず降り続いており、道路の端っこを白く染め始めている。

　平野が会計を済ませるのを待つ間、朔実は賢一と店の前に並んで立った。座っている時は分からなかったが、賢一は平野と同じく小柄で、朔実とほとん

ど背の高さが変わらなかった。賢一は苦笑して、

「大きいですね」と言う。

「…あー…はい…」

「手も長い」

背が高いと言われても、手の長さを指摘されたことはない。どう返したらいいか分からず、戸惑った表情になる朔実を見て、賢一は嬉《うれ》しそうに笑う。どうして賢一が嬉しそうなのか、朔実には分からず、自分の勘違いかもしれないと思った。

でも、やっぱり嬉しそうにしか見えない笑みを浮かべたまま、賢一は真っ暗な空を見上げる。

「この雪じゃ積もらないかな…」

小さな声で呟《つぶや》く賢一に、朔実は何も言えなかった。そうですね、とか。積もったら楽しいのに、とか。適当な相槌《あいづち》さえ口に出来なかったのは、隣に立つ賢一の横顔を美しく思っていたからだった。


この人が…俺のおじさん。

改めて口にしてみると、不思議な感覚が心に生まれる。凍えるような寒い日には似合わない暖かな感情は、母を亡くして以来、自分がどれほど孤独だったのかを朔実に認識させた。そして、同時に芽生えた小さな期待は、朔実に決心を促した。


賢一と十分に話したわけでもなく、どういう人間で、どういう暮らしをしているのかも詳しくは知らないまま、朔実は同居することに同意した。賢一が印象通りの人間ではなかったとしても、施設で大勢の他人と過ごすよりはマシだという考えもあった。

朔実は新しく部屋を借りるのではなく、賢一に越して来て貰うことを望んだ。母との思い出が詰まっている部屋を離れたくなかったし、見知らぬ土地の

新しい学校に通う気にはなれなかった。

　平野は朔実の意志を確認し、賢一が彼の保護者となる手続きを迅速に済ませた。朔実が賢一の存在を初めて知ってから、二週間余り後、二人は一緒に暮らし始めることになった。


　賢一が引っ越して来るという連絡を受けた日曜日。朔実は早起きをして、部屋中を掃除した。だが、母が使っていた部屋に残る衣類などの荷物をどうしたらいいか分からず、賢一が来たら相談しようと思って到着を待った。

　リビングに和室、六畳の洋室が二つという一般的な間取りのマンションは、母と二人で暮らすには十分な広さだった。しかし、賢一の荷物が入ったらどうなるのか、朔実には想像がつかなかった。賢一だってテレビやテーブルなどを持っているだろうし、二つずつ、並べて置くことになるのかと朔実は懸念を抱いていたが、それは杞憂《きゆう》に終わった。

　引っ越し業者のトラックが大きな荷物を運んで来るのだと思っていたのに、賢一は平野の車で、ほとんど身一つの状態でやって来た。

「…他の荷物は？」

「ないです」

　驚いて聞く朔実に、賢一はあっさり首を横に振る。大きなボストンバッグが二個と、トートバッグ。植木鉢が一つに、ミシン。賢一が持って来た荷物はそれだけだった。

「家具とかは？　テレビとか…電子レンジとか…家電だって使ってたんじゃないですか？」

「ここにあると思って、処分しました。布団は新しいものを買いに行こうかと」

潔過ぎる返答に戸惑いを覚え、朔実は手伝いに来た平野を見る。平野も苦笑を浮かべていた。

「僕の車で事足りるというので…半信半疑で迎えに行ったら、全部処分した後だったんです。…でも、生活用品というのは重複しても困りますしね」

朔実も賢一の家具類を何処に置けばいいか、頭を悩ませていたので、結果的にはよかったと言える。しかし、賢一にとってはどうなのだろうと考えると、申し訳ない気持ちが生まれた。

気に入って買ったものだってあったに違いない。すみませんでした…と詫びる朔実に、賢一はとんでもないと首を振った。

「朔実くんが謝る必要はないです。元々、俺は物に執着がある方ではないので…。…あっちの和室に荷物を置いてもいいですか？」

「もちろんです。…ていうか、ちょっと相談したくて…」

こっちに来て下さい…と頼み、朔実は二人を母が使っていた部屋に案内する。そこに残る荷物をどうしたらいいのか分からないと言う朔実に、賢一はそのままにしておいた方がいいと即答した。

「でも…そうすると、あそこの和室しかないんです。あそこは居間と続いてて…一応、襖《ふすま》はありますが…、余り部屋っていう感じがしないから…」

「俺は全く構いません。…あ、ただ…俺はミシンを使うので、その音が朔実くんに迷惑をかけるかも…」

「ミシン…ですか」

少ない賢一の荷物にミシンが含まれていたのを、朔実は不思議に思っていた。ミシンを持っている男というのは少数派だろうし、それが唯一に近い賢一の家財道具なのだ。裁縫が趣味なのだろうかと、意外に思って賢一を見ると、彼は先に言っておくべきだったと謝ってから説明する。

「俺の仕事道具なんです」

「仕事…？」

「シャツを作ってるんです」

趣味ではなく、縫製を仕事にしていると聞き、納得する。それから、賢一が着ているシャツを見た。初めて会った時も賢一は白いシャツを着ていた。なるほど…と頷く朔実に、賢一は自分の仕事についての説明を続けた。

「以前はアパレルメーカーで働いていたんですが…独立して、オーダーメイドのシャツを作ってるんです。ですから、家で仕事をすることになります。仕事用の部屋を別に借りられるほどは、余裕がなくて…」

「だったら、やっぱりお母さんが使ってた部屋を…」

開けた方がいいんじゃないかと提案しかけた朔実を、賢一は首を振って遮った。出来るだけ、これまでの暮らしを壊したくないと言い、自分の仕事で朔実に迷惑をかけないようにすると約束した。

「うるさくするような作業は朔実くんが学校に行ってる間に終えるようにしますから」

「そんな…。俺は全然平気です。気にしないで下さい」

仕事なんですから…と言う朔実に、賢一は微笑んで頷く。ありがとう…という言葉を照れくさく思っていると、平野が引っ越し祝いに何か食べに行かないかと提案した。引っ越しと言えば蕎麦《そば》だと平野は言い、近くに蕎麦屋はないかと朔実に聞く。

「あります。前に一度だけ、食べに行ったことが」

「じゃ、そこへ行きましょう。遠いですか？」

歩いて行けるという朔実の返事を聞き、三人で部屋をあとにした。小学校に入ってすぐの頃、母と入ったのは覚えていても、場所は朧気《おぼろげ》だった。間違っていたらと危ぶみながら歩いて行った先にはちゃんと蕎麦屋があってほっとする。

平野と賢一を真似《まね》して朔実も天ぷら蕎麦を頼み、さくさくの海老天《えびてん》を頬張った。学校の給食以外で、まともな食事をしたのは久しぶりで、あっという間に平らげてしまった朔実を、賢一と平野は驚いて見る。

「さすが、育ち盛りですね。お代わりしますか?」

「いえ、大丈夫です」

美味しかったです…と言って箸を置き、朔実は二人が食べ終わるのを待った。混み始めた店を出て、マンションまで歩いて戻る。途中、平野は近くのパーキングに車を停《と》めているからと言い、そこで別れると告げた。

「何かあったら連絡を下さい」

「はい。ありがとうございました」

「…また連絡します」

賢一と共に平野に頭を下げ、去って行く彼を見送る。角を曲がったその姿が見えなくなると、賢一が「行きましょうか」と声をかけた。

二人になると、朔実はふいに賢一の言葉使いに違和感を覚えた。その場に立ち止まったまま、「あの」と声をかける。

「丁寧語じゃなくて…いいです。おじさんなんだし」

「……」

朔実が口にした「おじさん」という言葉を聞いた賢一は、小さく目を見開いた。びっくりしているような顔つきを見て、朔実は首を傾《かし》げる。賢一は「おじさん」という呼び方には不似合いなくらい、若いかもしれないけど、自分にとっては「おじさん」に違いない。

「おじさん…ですよね…？」

「あ…はい。そうです」

「だから…」

丁寧な受け答えは必要ないと、朔実は小さく肩を竦《すく》めて、仕方なさそうな笑みを浮かべた。賢一は分かったというように、頭を動かして頷いてみせる。

「気をつけま……、いや、気をつける…ですね」

最後のは余分だった…とすぐに反省し、賢一は少しずつ直していくと約束した。それから、緊張しているせいもあるので、大目に見て欲しいと朔実に頼んだ。

「俺は成人はしてるけど…朔実くんの方がずっと落ち着いていて、大人っぽいので…バカにされないようにと…必死なんです」

「そう言えば、おじさん、幾つなんですか？」

「二十六です」

「俺の倍以上、生きてるんですね」

「一応」

神妙な顔で言う賢一がおかしくて、朔実は笑った。他愛のないことで反射的に笑うのは久しぶりな気がして、とても気持ちがよかった。すっきりとした気分で賢一に「帰ろう」と声をかける。賢一の意識を改めるには、自分から直した方がよさそうだ。そう考えて「帰ろう」と言った朔実に、賢一は嬉しそうな笑みを浮かべて頷いた。


家に戻ると賢一は、新たに買うつもりでいた布団を購入するような店は近くにあるかと朔実に聞いた。駅の近くにショッピングセンターがあって、そこで売っているだろうと一応答えてから、朔実は買わなくてもいいのではとつけ加えた。

「確か…押し入れに新しい予備の布団があるよ」

朔実の記憶を頼りに押し入れを探すと、ほとんど新品の寝具セットが見つかった。賢一は喜んで使ってもいいかと聞く。

「もちろん。干しておこうか」

一緒にシーツも仕舞われていたので、それも出して、ベランダに干した。気温は低かったが、天気はよく、三時頃までなら日が当たりそうだった。母と暮らしてきたマンションは新しくはないが立地条件はよく、日差しを遮るような建物は周辺にない。

「じゃ、晩ご飯の材料を買いに行きましょうか。何か残ってますか？」

賢一に聞かれた朔実は神妙な顔つきになって首を振る。母が亡くなった後、残ったお金を一円も無駄に出来ないと考えた朔実は、電気さえも必要最低限しか使わずに暮らしていた。食費もほとんど使わず、家に残っていた保存用の食料などで飢えを凌《しの》ぐような生活を送っていた為、台所の食料はほとんど底をついていた。

その現状を見た賢一は呆れ顔になり、天ぷら蕎麦をあっという間に平らげるのも当然だと呟く。

「育ち盛りなのに…。お腹空いてたでしょう」

「学校のある日は給食をいっぱい食べるようにしてたから」

何とかなってたと言う朔実に眉を顰《ひそ》め、賢一は一緒に買い物に行こうと誘った。二人で家を出て、近くのスーパーマーケットへ向かう。日用品などもなくなっていたので、必要な物を次々買い込んでいったら、結構な金額になった。

レジで一万円を超える支払いを済ませる賢一に、朔実は不安げに尋ねる。

「大丈夫？」

「大した稼ぎはありませんが、衣食住に困るような生活はさせません」

一応、大人なので…と賢一は言うが、本当に頼ってしまっていいのだろうかという戸惑いが生まれていた。あの家で暮らし続けられることになり、一件落着のような気分でいたが、実際に二人での暮らしが始まってみると、今更ながらに賢一が心配になった。

賢一にとって、自分は明らかなお荷物だ。自分の家財道具を全部捨てなくてはいけなかったのだって、こうして二人分の食料や日用品を買い込まなくてはならないのだって、本来なら賢一には必要のない負担だ。

優しそうな賢一が自分に同情してくれているのは分かる。けれど、無理を重ねて、それが飽和状態になった時を想像すると、よくない結果が浮かんで怖くなる。両手いっぱいの買い物袋を提げ、家に戻る間、朔実は新たに生まれた不安に悩まされ無口になっていた。

そんな朔実を心配して、賢一は「どうかしましたか？」と尋ねる。朔実ははっとして、隣を歩く賢一を見ると、思わず謝っていた。

「…ごめんなさい」

「……。どうして謝るんですか？」

「だって…俺のせいで…」

自分は賢一の人生を邪魔してしまっている。もしも自分がいなかったら、賢一は自由に暮らせていたに違いない。自分で稼いだお金を自分の為だけに使って、自分の時間を自分だけの為に使えたのに。

そんな考えに囚《とら》われて、申し訳なさそうな表情を浮かべる朔実を見て、賢一は小さく目を見開いた。

それから、口を開きかけたのだが、いやいやと首を振り、先に家に戻りましょうと朔実を促した。

「荷物が重いので話に集中出来ません。それについては俺も朔実くんにちゃんと話したいと思っていたので…急ぎましょう」

「う、うん…」

　突如、急ぎ足になる賢一にあわせ、朔実も足を速めた。二人で無言のまま急いでマンションに戻ると、難関にぶち当たる。

「…ここのエレヴェーターはいつも故障中なんですね」

「うん。動いてることの方が少ないんだ」

　つまり今度は脚の耐久性も問われるわけだ…と憂える賢一と、六階の部屋まで階段で荷物を運ぶ。先に六階に着いた朔実は荷物を玄関の前に置き、賢一を手伝いに戻った。

「大丈夫？　持つよ」

「…す、すみません…。正直…体力には自信がなくて…」

　情けなそうな顔で謝る賢一から荷物を受け取り、朔実は残りの階段を一緒に上がった。家に着くと、ほっと息を吐く賢一と共に買い物袋を台所まで運ぶ。生鮮食料品を先に冷蔵庫へ仕舞ってから、賢一は「朔実くん」と声をかけた。

「さっきの話ですが…朔実くんが俺に悪いと思う必要は全くありません。俺は大人で、選択出来る身の上です。朔実くんのことを見過ごすことだって出来たんです」

「…うん…」

「……姉とは長い間、会ってませんでしたし、俺が名乗り出なければ朔実くんは俺の存在も知らずにいたと思います。それに…若いからとか、独身だからとか…、朔実くんの面倒を見られない言い訳は幾らでもあります。…それでも、色んなことを考えて、俺は朔実くんを助けたいと思った。自分の意志でここに来たんです。ですから、朔実くんに自分が俺の負担であると考えて欲しくはありません。朔実くんは俺が同情していると思っているのかもしれませんが、逆に、自分がお荷物だと感じるのは朔実くんが俺に同情していることになるんですよ。自分の面倒を見なきゃいけないのは可哀想《かわいそう》だって、ね」

「……」

「同情し合うのはやめましょう。これからは二人で協力して生活していかなきゃいけないんですから」

　賢一の口調は落ち着いたもので、若くて頼りなげに見えていた彼の印象が違って感じられた。朔実は「分かった」と返事をして、考えを改めようと決める。負い目のような気持ちは、きちんと考えて自分との暮らしを選んでくれた賢一に、失礼なように思えた。

　頷く朔実を見て、賢一は笑みを浮かべる。それから、ベランダの布団を取り込んで欲しいと頼んだ。

「ここまで荷物を運んで来たら手が震えてしまって。お願い出来ますか？」

「うん。…おじさん、体力つけた方がいいよ」

　分かっています…と項垂《うなだ》れる賢一を笑って見て、朔実はベランダに向かった。干してあった布団を和室へ取り込み、窓を閉めようとした時、ベランダの隅に置いてある鉢植えに気がついた。

　茶色の植木鉢は賢一が持って来たものだ。緑色の真《ま》っ直《す》ぐな葉に白い花がついている。母は植物には興味がなく、朔実の家には鉢などは一つもなかった。見覚えはあるけれど、名前を知らない白い花を珍しげに見てから、朔実は窓を閉めて部屋の中へ戻る。

　布団を畳み、和室の隅に置いてから、買い込んで来た荷物を整理している賢一の元へ向かった。

「おじさん。あれはなんて言う花？」

「花？　…ああ、水仙です」

「水仙か。そう言えば、聞いたことある」

　学校の花壇にも植わっていたかもしれないと思い出しながら、植物が好きなのかと聞いた。賢一は小さく笑って、特別に好きなわけじゃないけれど、あれは貰い物なのだと答える。

「球根のようで、毎年咲くんですよ。匂いもいいし」

「へえ」

　匂いまでは嗅いでみなかったなと思っていると、日用品を仕舞う場所を教えて欲しいと賢一に頼まれた。トイレットペーパーや洗剤などを手分けして仕舞い、ついでに洗面所や風呂場の説明をした。

　夕飯は賢一の提案ですき焼きにした。スーパーマーケットの肉売り場で、賢一は引っ越し祝いだと言って牛肉を買っていた。久しぶりにすき焼きを食べた朔実は大喜びで、旺盛な食欲で賢一を驚かせた。

「お肉は余るかと思ってたんですが…足りませんでしたね」

「足りないことはないよ。十分」

　うどんも好きだから…と言って、朔実は美味しそうに最後に入れたうどんを啜《すす》る。明かりの点った暖かな部屋で食事をするのは久しぶりで、朔実はそれだけでも幸福感を味わえていた。そんな朔実に、賢一はお願いがあると切り出した。

「お願い？」

「朔実くんには…ちゃんと高校に行って、出来れば大学にも行って欲しいんです」

「……」

　生活上の細かなことかと思い、鍋を探りながら聞いていた朔実は、小さく驚いて賢一を見た。引け目に思うのはやめようと決めたが、それでも、賢一の負担を少しでも軽くする為に、世話になるのは中学までだという考えを変えるつもりはなかった。

「いや。俺は中学を出たら…」

「朔実くんが考えているほど、世の中は甘いものじゃないんです」

「……」

何処かで聞いたような台詞《せりふ》だったのに、そう言った賢一の表情が余りにも痛切で、朔実は何も言えなかった。賢一だって世間を語れるような歳じゃない。そうは思っても、言葉に出来ないほど、妙なリアリティがあった。

平野から、賢一が高校の頃に家出したと聞いたのを思い出す。優しくて穏やかな賢一が、家出しなくてはいけなかった理由は想像もつかなかった。だが、その後、賢一が相当の苦労をして来たのは聞かずとも分かる気がして、朔実は小さく息を吐いた。

「……今は…返事出来ないけど…高校は…行けたら、行く…と躊躇いがちに答えた朔実に、賢一は安堵《あんど》したように微笑んだ。箸を途中で止めてしまったのを詫び、食べて下さいと勧める。鍋の残りを腹いっぱいに食べ、物理的な幸福感に包まれながらも、朔実は胸の中の小さな不安が消えないでいるのに気付いていた。


母との二人暮らしは恵まれたものではなかったけれど、楽しくて、しあわせだった。それを突然失い、真っ暗闇の中に放り出されたような気分で過ごしていた一月《ひとつき》余りの間、朔実は出来るだけ論理的に物事を考え、感情的にならないようにしていた。

泣いたってわめいたって、誰も助けてはくれない。

弱いところを見せたら負けだと強く思ったのは、自分を「保護」しようとする大人に囲まれていたからだ。母が死んだのは哀《かな》しいけれど、堪えてなんかいない。平気だ。一人でやっていける。自分にそんな自己暗示をかけ続けた日々は、朔実が気付かないところで心に負担をかけていた。

叔父だという賢一が現れ、自分を救ってくれたのは嬉しかった。母との暮らしは戻って来ないけれど、賢一ともいつか同じように楽しく過ごせるに違いない。そう信じられていたのに、孤独な夜が終わりを告げたその日。朔実は悪い夢を見て夜中に目を覚ました。

「…っ…」

夢の中で朔実は賢一を追いかけていた。ごめん、やっぱり朔実くんとは暮らせなくなったよ。そう言って去って行く賢一を、必死で追いかけていた。どうしてと問いかけても答えてくれない賢一に絶望して、苦しさに目覚めた朔実は、真っ暗な部屋の中で飛び起きた。

「…は…あ…」

何もかも夢だったらどうしよう。そんな不安に駆り立てられ、朔実は慌てて部屋を出る。賢一が引っ越して来たのも、すき焼きを食べたのも、全部夢だったら。この家に自分しかいなかったら。

廊下に出て居間へ続く扉を開ける。すると、いつもは開け放ってある和室の襖が閉まっているのが見えた。それだけで和室に賢一がいることを確認出来たのに、その顔を見なくては気が済まなかった。荒い呼吸を落ち着かせ、襖を開ける。細い隙間から中を覗くと、布団で寝ている賢一の背中が見えた。

「……」

寝ているのを邪魔してはいけないという考えは浮

かばず、賢一だと確認する為に部屋の中に入る。布団の向こう側へ回り込むと、眠っている賢一の寝顔が見えて、ようやく安堵出来た。

　ほっとするのと同時に気が抜けて、朔実はその場に座り込んだ。その音に気付いた賢一が目を覚ます。暗闇の中に朔実がいるのを見つけた賢一は驚き、掠《かす》れた声で「どうした？」と聞きながら起き上がった。

「……………」

　何でもないと示す為に、朔実は首を横に振る。ごめんなさいと謝りたいのに声が出ない。代わりに頬を伝う涙に気付いた賢一は、驚いて朔実の手を握った。

「朔実くん」

「…っ…」

「大丈夫。朔実くんはもう一人じゃない。俺がここにいる」

　だから、大丈夫だと繰り返し、賢一は朔実の手を握り締めた。賢一の手は男のそれにしては華奢《きゃしゃ》で、亡くなった母に似ていた。温かなその手を握り返し、朔実は頷く。

　何も言わなくても自分の気持ちを分かってくれている賢一の存在が有り難かった。あれが夢でよかった。賢一はここに…自分の傍にいてくれる。ぎゅっと握った掌《てのひら》の感触でそれを確かめ、涙を流しながら朔実は頷いた。


　朔実はそれからもしばらく不安定な状態が続いたけれど、三月に入る頃には大分《だいぶ》落ち着いた。同じ毎日を繰り返すことが朔実の心を少しずつ癒《い》やしていた。

　賢一に見送られて登校し、帰って来ると、ミシンの音に迎えられる。引っ越して来た翌日から賢一は和室で仕事を始めていた。ミシンをかけていると玄関が開く音に気付かないようで、朔実が「ただいま」と声をかけるのに賢一はいつも驚く。

「っ…びっくりした。お帰りなさい」

「毎日、ほとんど同じ時間に帰って来るんだから。そろそろ慣れてもよくない？」

「仕事してると夢中になっちゃって…時計も見ないから。…ああ、もうこんな時間だ」

洗濯物を入れなきゃ…と呟く賢一を、朔実は自分が入れるからと言って遮る。荷物を置いてベランダに出ると、昨日まで花を咲かせていた水仙が萎《しお》れているのが目に入った。

「おじさん。枯れちゃったね」

「水仙？　大分暖かくなって来たからね。また来年のお楽しみだ」

一年も枯れたままなの？　と怪訝《けげん》な顔で聞く朔実に、賢一は笑ってそういうものだと答える。

「桜だって一年に一度しか咲かないだろう。一年間、栄養をたっぷり蓄えて、その力で花を咲かせるんだよ」

「なんか、花って地味」

取り込んだ洗濯物を畳み始める朔実に、賢一は「そうだ」と声を上げて、仕事の手を止めた。近くにあったメジャーとメモ用紙を引き寄せ、居間にいる朔実を手招きする。

「朔実くん。ちょっと寸法を測らせて」

「寸法って？」

「肩とか、腕の長さとか…採寸したいんだ」

どうして？　と重ねて聞きながら、朔実は賢一の傍に近づいた。後ろを向くように言われ、背を向けて立った朔実に、賢一は卒業式用の服を作るつもりだと答える。

小学校の卒業式が間近に迫っているのは、朔実もちろん分かっていた。けれど、特別な格好をするつもりはなくて、いつも通りの服装で行こうと思っていた。

「いいよ。母さんもどうせその時しか着ないんだし、もったいないって言ってたよ」

「いや。仕立て屋としては譲れない。布ももう用意したから」

「ええ？　もったいないなあ」

いらないのに…と言いながらも、朔実は賢一の指示に従って採寸に協力した。メジャーを使って採寸する賢一の手つきは慣れたもので、朔実は「プロみたいだ」と感心したように言う。

「これでご飯食べてるんだから。…よし、いいよ。卒業式は二十日だったよね。それまでに身長が伸びないといいけど」

「まさか。あと二週間しかないのに？」

「分からないよ。会った時よりも確実に伸びてるからね。朔実くんの背は」

何処まで伸びるのかな。そう言う賢一の横で、朔実はからかうつもりで背伸びをしてみせた。これくらいになる？　と言って見下ろすと、賢一がすっと表情を引き締めた。

冗談のつもりだったし、怒らせるほどのことではない。賢一が顔つきを変えた理由が分からず、朔実は慌てて背伸びをやめて謝った。

「ごめん」

「……え…？」

「怒った？」

自分がふざけたのを怒ったのではないかと窺う朔実に、賢一ははっとしたように首を横に振る。違うと否定した賢一は、大きく息を吐いてから苦笑を浮かべた。

「…朔実くんに…見下ろされて暮らすのも…間近だなと思うと、ちょっとショックだったんだ。俺の背は…もう伸びないしね」

「……。分からないよ。俺ももう伸びないかも」

「あんなに食べるのに？」

何かをごまかされたように感じながらも、朔実は賢一にあわせて軽口を言い、洗濯物を再び畳み始めた。手を動かしつつ、そっと賢一の方に視線を向けると、何か考え込んでいるような横顔が見えた。賢一は時折、そうやって考え込む姿を見せた。それを目にする度《たび》、朔実は何とも言えない焦燥感に駆られた。

母を突然失った朔実は、賢一との暮らしも同じように突然終わるのではないかという恐れを常に抱いていた。最初は賢一に迷惑をかけない為にも、中学を卒業したら自立して、同居もやめるつもりでいたのに、賢一との暮らしに慣れていくにつれ、失うのが怖くなっていった。大人びてはいても、朔実は十二歳の子供だった。

庇護《ひご》してくれる母を亡くし、悲壮な覚悟で一人生きていく方法を模索していた中で現れた賢一という存在に、朔実が依存したのは無理もなかった。賢一は静かで穏やかで、優しく、綺麗だった。母とは違う楽しみを与えてくれた賢一が、朔実にとって誰よりも大切な人になるのに、時間はかからなかった。

2

低い振動音で目を覚ました朔実は、明るくなっている部屋を見て、小さく息を吐いた。長い腕を伸ばし、ベッドの上に置いてある時計を手に取る。時刻は十時を過ぎており、寝過ごしたと悔やみながら起き上がった。

布団から出ると半袖のTシャツでは肌寒さを覚え、近くにあったパーカーを羽織った。三月になり、春を思わせる暖かさがしばらく続いたものの、一昨日《おととい》辺りからまた冬の寒さが戻って来ている。机の上に置いてあったノートパソコンを持ち、部屋を出て居間に入ると、ミシンの音がやむ。朔実が起きるのを待っていた賢一は、その姿を見て少し上擦った声をかけた。

「おはよう、朔実くん。出かける？」

「…おはよう」

出かける？　という問いかけには首を振り、挨拶だけして朔実はソファの上にノートパソコンを置く。賢一が自分の顔を見るなり、出かけるかと聞いて来た理由は分かっていた。朔実は取《と》り敢《あ》えず、コーヒーを飲もうと思い、リビングの向かい側にある台所で薬缶《やかん》に水を入れて火にかけた。

「おじさん、コーヒー入れるけど、飲む？」

「ああ。ありがとう」

出かけないと答えた朔実に戸惑いがあるようで、賢一は微かに表情を曇らせていた。それを見た朔実は、心配させておくのも可哀想だと思い、マグカップを用意してからソファに戻る。

部屋から持って来ていたパソコンを開き、目当てのサイトを開くと、パスワードを打ち込んだ。間もなくして現れた画面を見て、小さく息を吐いてから、和室で仕事をしている賢一にそれを見せに行った。

「…これ」

「何？」

「受かったよ」

　何でもないことのように言う朔実を、賢一は目を丸くして見てから、彼が差し出しているパソコンを覗き込む。そこに表示されていた合格という文字を見た賢一は、息を呑んでから「本当に？」と朔実に確かめた。

「本当も何も、見ての通りだよ」

「そ…そうだよね。本当だ…。合格って書いてある…。…よかった……、よかったね、朔実くん」

「うん」

　賢一が喜んでくれるのは分かっていたが、涙目になっているのは想定外で、朔実は苦笑して指摘する。

泣いてるの？　と聞かれた賢一は、慌てて顔を背け、気のせいだと言ったものの、感激を抑え切れないようで、両手で顔を覆った。

「…だって……朔実くん、あんなに頑張《がんば》って勉強してたのに…受からなかったら…って心配してたから…」

「信用してなかったわけ？」

「そういうわけじゃないけど……。ああ…よかった…」

　ぐすりと音を立てて鼻を啜り、賢一は滲《にじ》んだ涙を手の甲で拭いて大きく息を吐く。パソコンを持って苦笑している朔実を見上げると、感動が足りないんじゃないかと眉を顰めた。本人がもっと喜ぶべきだと言い、ついでに朔実は説明が足りないと説教する。

「今日が合格発表だって聞いてたから、朝から出かけるのかなと思ってて…早起きして待ってたのに、ちっとも起きて来ないし。ネットで発表が見られるのなら、教えてくれたらよかったじゃないか」

「言わなかったっけ？」

「聞いてないよ。それに…第一志望に受かったのに、嬉しくないの？」

「嬉しいよ」

「だったら…」

「おじさんが俺の分まで感激してくれるから、いいんだって。二人で泣いてたらバカみたいだろ」

「朔実くん」

バカは言い過ぎだよ…と顰めっ面になる賢一に、朔実は笑ってごめんと謝り、台所へ戻った。沸騰している薬缶の火を止め、フィルターにコーヒーの粉を入れて湯を注ぐ。

その日は朔実が受験した国立大学の合格発表日だった。母を亡くしたばかりの頃は中学を卒業したら社会に出ようと決めていたが、賢一の希望もあって、高校に進学し、大学へも進むこととなった。朔実は優秀で、通っていた高校は有名な進学校でもあり、難関と言われる国立大学にも合格した。

賢一は高校に合格した時もとても喜んだ。だから、今回も自分以上に喜んでくれると思っていたが、涙まで流したのは驚きでもあって、朔実はコーヒーを入れながら苦笑する。第一志望の大学に受かったことよりも、賢一が喜んでくれたことの方が、朔実には嬉しかった。

二人分のコーヒーを入れ、賢一のマグカップを仕事部屋に運ぼうとした時、携帯が鳴り始めた。ポケットに入れてあった携帯を取り出すと、電話をかけて来たのは友人の横山《よこやま》だった。朔実は電話に出ながら、賢一の元へマグカップを運ぶ。

「…はい」

『俺。どうだった?』

「そっちは?」

受験した大学は別だが、横山の合格発表もその日だった。聞く前から、声の調子だけで分かっていたが、横山から「受かった」という報告を受けると、ほっとする。高校で一番仲のよい友人が、希望する大学に進めるのは、朔実にも喜ばしかった。

『お前は…受かってるよな』

「まあな」

『憎たらしい奴だ。おじさんは? 喜んでるだろう』

横山は家にも出入りしているので、賢一とも親しくしている。仕事の邪魔にならないような場所にマグカップを置き、賢一を見下ろしながら横山に「まあな」と答えると、賢一は自分の話題だと分かったようだった。

「横山くん?」

「うん」

どうだった? と聞く賢一に、受かったらしいと答える。横山はそのやりとりを聞き、賢一にリクエストして欲しいと頼んだ。

『おじさんの唐揚げが食べたい。合格祝いに』

「甘えるな」

『いいじゃんか。おじさんだって寂しいと思うよ。俺の顔が見られなくなるんだから』

横山が合格したのは地方の大学で、間もなく東京《とうきょう》を離れることになる。軽い調子で言ってはいるが、寂しく思っているのは横山の方だろう。朔実は苦笑しつつ、「分かった」と返事をした。

横山は喜び、明日の夜に行くと告げた。賢一に予定を聞くと、いつでも大丈夫だという返事がある。それを横山に伝え、朔実は通話を切った。

「そうか。合格したのはよかったけど、横山くんは広島《ひろしま》に行っちゃうんだね」

「静かになる」

「またそんなこと言って。寂しくなるって言うんだよ」

眉を顰めて窘《たしな》める賢一に肩を竦め、朔実は台所に戻って自分のマグカップを手にした。シンクの縁に凭《もた》れかかり、和室で仕事をしている賢一を眺めながらコーヒーを飲む。

賢一が引っ越して来たのは母が亡くなったばかりの頃で、遺品の整理も全く手つかずの状態だった。賢一は居間と続きの間である和室に荷物を置き、借り暮らしのような生活を送っていたが、三回忌を済ませた後、朔実は自分で母の遺品を処分した。

それから、賢一は母が使っていた部屋を寝室にして、和室で仕事をしている。オーダーメイドのシャツを作っている賢一の仕事は順調で、休みなく働いても注文に追いつかないほどだ。トルソーの並んだ和室はすっかり仕事部屋になっていた。

「明日は横山くんのリクエストの唐揚げにするとして…今日はどうする？」

「晩飯は俺が作るからいいよ」

「駄目だよ。お祝いしないと」

「明日、するだろ」

「それは横山くんのお祝いだよ。今日は二人で…そうだ。何か食べに行こう。朔実くんの好きなものを」

何がいい？　と聞かれた朔実は、首を傾げてからコーヒーを飲んだ。おじさんが食べたいものでいい…という答えは、賢一の意に沿わないらしく、考えるように命じられる。

「夜までに考えておいてよ」

「…分かった」

「お祝いだからね。お祝いらしいものじゃないと」

ラーメンは禁止…と先手を打たれた朔実は、肩を竦めた。二人で六年近くを過ごして来たけれど、外で食事をした回数は少ない。どんなに忙しくても賢一は食事の用意を欠かさなかったし、朔実も料理が出来たから、外で食べる機会は余りなかった。

高校になって学校帰りにつき合いで、ラーメンやファストフードを食べるようになったが、それでも家では必ず食事を取った。食卓で賢一と向き合う時間は、朔実にはとても大切だった。

「やっぱ…家じゃ駄目？」

「今日は外って決めた」

大学に…それも国立大学に受かったんだから。そう言う賢一は自慢げに見えて、朔実は苦笑を浮かべる。賢一の望みを叶えることが自分の務めだ。そんな考え自体が朔実にとっては喜びでもあって、コーヒーを飲み干すまで仕事をする賢一をずっと眺めていた。

高校の合格祝いの時は、賢一が豪華なちらし寿司《ずし》を作ってくれた。それを思い出して、リクエストしてみたものの、賢一の意志は揺らがなかった。夕方、早々に仕事を片付けた賢一は、朔実を促して家を出た。

夜までに考えておくように言われたものの、朔実は外で食べたいものが思いつかなかった。経験が少なくて、選択肢がなかったせいもある。自宅で仕事をしている賢一も朔実と似たり寄ったりで、二人で取り敢えず店がありそうな駅の方へ向かって歩いて行った。

歩き始めて間もなく、よさそうな店を賢一が見つけた。ビストロと書かれており、早い時間でも客が入っていることからも、よさそうに思える。二人は壁際のテーブル席に案内され、向かい合って座った。初めて訪れる店を珍しげに観察している朔実に代わって、賢一がオーダーする。

「…じゃ、そのお勧めのものでお願いします」

「畏《かしこ》まりました。ご一緒にワインは如何《いかが》ですか？」

料理を注文した後に、ワインを勧められた賢一は、窺うように朔実を見た。賢一がアルコールを飲んでいるところを見たことがなかった朔実は、少し驚いて「飲めるの？」と聞いた。

「少しは」

「じゃ、頼んだら？」

朔実の返事を聞き、賢一は赤ワインを頼んだ。朔実はオレンジジュースを頼み、先に運ばれて来た飲み物で乾杯する。

「改めて、合格おめでとう」

「外食なんてよかったのに。もったいない」

「特別な日だよ」

もったいないなんてことはない。賢一は力強く言い切って、ワイングラスに口をつける。濃い色合いの赤ワインを一口飲んで、嬉しそうに口元を綻ばせた。美味しいの？　と聞く朔実に頷いて、賢一はグラスを置く。

「久しぶりに飲んだ」

「……。おじさんがお酒を飲めるなんて、知らなかった」

家には料理用の酒くらいしかアルコールはないし、外に出かけた時も賢一が飲んでいるのを見たことはない。だから、朔実はずっと賢一は酒が飲めないのだと思っていた。久しぶりと言う賢一は、たぶん、自分と暮らし始める前は飲んでいたに違いない。

子供だった自分を気遣っていたのだろうと思うと、

すっかり忘れていた罪悪感が蘇る。賢一が大学の合格を過剰に思えるほど喜んでくれるのは、自分自身に課していた責任から少し解放されたからなのかもしれないと思った。

朔実は一つ息を吐き、「おじさん」と呼びかける。大学受験を決めた時にも賢一には確認したことだが、もう一度、確かめておきたいと考えていた。

「…俺…大学に行っても大丈夫なの…?」

そう尋ねる朔実を、賢一は目を丸くして見る。何を言ってるのかと慌てた口調で言い、以前と同じく朔実が気を遣う必要など少しもないと繰り返した。

「大学の授業料なんかは、平野先生が管理してくれていたお母さんのお金を使うつもりだし、朔実くんが心配することなんか、一つもないよ」

「でも、やっぱり奨学金を…」

「だから、その必要もない。奨学金と言えど、借りたら返さなきゃいけないお金なんだよ」

金銭面の気遣いは無用だと真面目な顔で諭す賢一に、朔実は「分かった」と返事をした。本当は…もう一つ、確認したいことがあったのだが、口に出せそうにはなくて、代わりにこれからはアルバイトが出来るようになるからとつけ加える。

「うちの高校はバイト禁止だったから…おじさんに甘えてばかりだったけど、これからは出来るだけ、助けるようにする」

「朔実くんが心配性なのは…無理もないのかもしれないけど…。もう少し楽観的に考えていいんだからね」

そんなに頼りなげに見えるかな…と首を傾げ、賢一はワインを飲んだ。一口を味わって飲み、「もうすぐ」と言って朔実を見る。

「朔実くんもお酒が飲めるようになるんだね」

「…飲みたいとは思わないけど」

「飲んでみないと分からないよ。…早いなあ」

あっという間だった…と賢一が呟いた時、料理が運ばれて来た。家では作らないような料理ばかりで、朔実は珍しそうに見て、一口ずつ確かめるようにして食べる。そんな朔実を微笑んで眺めながら、賢一はワインを美味しそうに飲んでいた。


食事を終えて支払いを済ませ、店を出て歩き始めて間もなく、朔実は賢一の足取りがふらついているのに気がついた。ほんのり赤くなった頰を見ても、酔っているのが分かる。美味しさに釣られるようにして、最初のグラスを飲み干した後、賢一は店員に勧められるまま、お代わりを頼んでいた。

「大丈夫？」

「…うん…。…ごめん、お代わりするんじゃなかったかも…」

「ほら」

摑まって…と言い、朔実は賢一に腕を差し出す。賢一は一瞬、動きを止めて朔実を見てから、慌てて首を横に振った。

「いいよ」

「転んでからじゃ遅いよ」

「でも…」

おんぶする？　と朔実に聞かれた賢一は、眉を顰めてもう一度首を振った。それでも、迷う素振りを見せる賢一の手を朔実は強引に取って、自分の腕に摑まらせる。仕方なさそうに歩き始めた賢一は、俯いたまま「ごめん」と謝った。

「呆れてるだろ」

「別に」

「…こんなに弱くなかったのにな。ワイン二杯で酔っ払うなんて」

「六年も飲んでなかったからじゃない？」

朔実の指摘に賢一は何も言わなかった。賢一が無言なのは、自分の想像が当たっているからだと思い、朔実は小さく息を吐く。ごめん、と謝らなきゃいけないのは自分の方だ。自分の存在が、賢一の自由を…楽しみを、奪って来たのだから。

だから、早く賢一を解放してあげなくてはいけないという思いはある。強く、そう思っている。大学に行ってもいいの？　という確認と共に、もう一つ賢一に聞きたかったのは、彼の本心だ。これからもおじさんと一緒に暮らしてもいいの？　そんな問いかけを口にする勇気がどうしても出ない。

大学生になって一人暮らしを始める人間は多い。まだ未成年ではあっても、一人で暮らしてもおかしくない年齢だ。自分はもう、賢一の庇護を必要とする歳は過ぎている。それを分かっているのに、言えない自分を歯がゆく思う朔実に、賢一は遅れて答えを返した。

「…歳なんだと思う」

「歳？」

「俺も…もう三十二歳だから」

歳を食ったから弱くなったんだよ…と言う賢一に、朔実は苦笑して「そうかな」と首を傾げた。賢一は出会った時から全然変わらない。賢一が歳を取ったとは少しも思わないけれど、自分が変わったという自覚はある。

出会った時、既に賢一と同じくらいの身長があった朔実は、その後も成長し、今では十五センチ近く背が高くなった。見下ろせるようになった賢一の横顔を見つめ、「変わらないよ」と伝える。

「背も伸びてないし」

「…当たり前じゃないか。俺は大人だったんだから。それに朔実くんは伸び過ぎだ」

「そう？」

おじさんが小さいんだよ…とからかう朔実に、賢一は自分は普通サイズだと言い返す。それから大きく息を吐いて、空を見上げた。真っ暗な夜空は曇っているのか、星も月も見えなかった。

「大学生かあ…」

賢一が感慨深げに呟く声が耳を擽《くすぐ》る。賢一はどう思っているのだろう。同居生活を解消すべき時が来ているのを、賢一が気付いていないわけがない。いつ、言い出そうか、迷ったりしてるのだろうか。その時が…賢一があの部屋を出て行く時が来たら、自分がどうなるのか分からなくて、朔実は隠れて溜《た》め息《いき》を吐《つ》いた。


横山にリクエストされた唐揚げを作る為、材料を買いに行くという賢一と共に朔実は午後からスーパーマーケットに出かけた。買い物をしている途中、友人から電話が入り、用事があるので会いたいと言われた。レジで会計を済ませていた賢一に、手伝うのは帰ってからでいいかと聞く。

「おじさん、増田《ますだ》が貸してた本を返したいって言うから、ちょっと出かけてもいい？　一時間くらいで戻れると思うし」

「こっちは気にしなくていいから、横山くんが来るまでに戻って来ればいいよ。横山くんはいつ来るんだった？」

「五時頃だって言ってたけど…あんま当てにならないかも。それまでには戻る」

買い込んだ荷物をマンションまで運ぶと、朔実は友人と会う為に再び出かけた。横山と同じく高校の同級生だった増田もまた、地方の大学に進学する為、東京を離れることになっていた。お互いの自宅は離れているので、高校の近くで待ち合わせる。増田は一人で来るのだと思っていたが、他の友人も一緒に来ており、本を返して貰うだけのはずが、話が長引いてしまった。

当分会えないと分かっている友人だけに、素っ気なくも出来ず、それとなく話を切り上げて別れた時には夕方になっていた。賢一に申し訳ない気分で電話を入れると、既に横山は来ていると言う。

『横山くんが手伝ってくれてるから、大丈夫だよ』

「猫の手にもならないだろ」

賢一の邪魔をしているだけに違いないと憂いつつ、朔実はもうすぐ帰るからと告げる。賢一の背後から「ごゆっくり〜」と横山がふざけている声が聞こえ、朔実は苦笑して通話を切った。

朔実が横山と知り合ったのは高校に入ってすぐの頃だった。同じクラスで、何となくまとまったグループの内の一人で、明るくてお調子者のキャラクターは誰からも好かれるものだった。横山を通じて親しくなった友人も多い。

中学入学目前で母を亡くした朔実は、賢一のお陰で以前と変わりない生活を送れていたが、全てを失い絶望した経験は朔実の人間形成にも影響を及ぼし、人との間に距離を置くようになっていた。思春期を迎え、周囲も不安定な状況下にあったせいもある。中学では友人らしい友人が出来ず、賢一を心配させたりもした。

けれど、高校では横山のお陰もあって、多くの友人に恵まれて過ごすことが出来た。横山は強引に朔実の自宅を訪れ、賢一とも仲良くなった。三年間、頻繁に顔を出していた横山が、地方に行ってしまうのを賢一も寂しく思っている。

駅に着き、横山を待たせている家に急いで帰りかけた朔実は、ふと思いついて近くの洋菓子店でシュークリームを買い求めた。そこのシュークリームが絶品だと横山が力説していたのを思い出したのだ。しばらく食べられないだろうからと、人数分のシュークリームが入った箱を提げて家に向かう。

六階まで階段で上がり、玄関のドアを開けてすぐに、賑《にぎ》やかな気配を感じた。横山がいると、いつもは静かな賢一もよく話すようになる。朔実が「ただいま」と声をかけると、横山が奥から顔を出した。

「お帰り。お、それはもしかして…俺の好物では？」

「食い納めに」

「ありがとう〜。さすが、朔実くん。分かってらっしゃる」

「邪魔しなかっただろうな」

訝しげに見る朔実に、横山は大仰に首を横に振って、逆だと答える。大活躍だったと胸を張る横山を怪しいものだと思いつつ、朔実は台所に向かった。

「おじさん、ただいま。邪魔じゃなかった？」

「役に立ちましたよね？」

朔実と横山に同時に聞かれた賢一は、苦笑してどちらにも「ああ」と頷いた。具体的にどう役に立ったのかと聞く朔実に、賢一は苦笑いのままで答える。

「お皿を出してくれたり…箸を出してくれたり…」

「子供でも出来るな」

「じゃ、お前は俺の触れた食品を食べたいと？」

「遠慮する」

即答した朔実は肩を竦め、台所の状況を確かめた。用意の整っている唐揚げの材料を見て、自分が揚げると賢一に告げた。

「おじさんは他の支度をして」

「うん。…ポテトサラダと、玉子焼きと、春雨スープを作ったんだ。あと、おにぎり。横山くんが食べたいって」

「遠足か」

子供っぽいリクエストだと眉を顰める朔実に、横山は食べたいものを正直に答えただけだと開き直る。朔実が唐揚げを揚げていく傍で、賢一は横山に手伝わせて他の料理の盛りつけをした。それをテーブルに運び、唐揚げが揃うと、三人で席につく。

「それでは、僭越《せんえつ》ながら私、横山が乾杯の音頭を取らせて頂きます」

「もういい。腹減ったし、食おう」

「朔実くんってば」

「いいんです、おじさん。この三年で俺は朔実のドSな性格にも慣れ、どれだけ冷たくされても動じない強い心を培うことが出来ました。それでも時には挫《くじ》けそうになる俺にとって、おじさんの優しさは天の助けでした」

「挫ける？　お前が？」

「おじさんがいなかったら、朔実との友情もどうなっていたか分かりません。ありがとう、おじさん！」

「い、いや…。俺は何も…」

してないから…と困った顔で言い、賢一は「食べようか」と横山に促す。朔実は既に唐揚げを食べ始めており、フライングだと責めながら、横山も唐揚げを頰張った。

旺盛な食欲で、競い合うように料理を食べ尽くしていく二人を見比べながら、賢一は残念そうに溜め息を吐く。

「横山くんが広島に行っちゃうと寂しくなるね」

「ご安心下さい。夏には戻って来ます」

「うちには顔出さなくていいぞ」

「お前に言ってるんじゃない。俺はおじさんに言ってるんだ」

いつ広島に発《た》つのかと聞く賢一に、横山は明後日だと答えた。既に三月も十日を過ぎており、今から借りられるアパートがあるかどうか、心配だと言う。

「暢気《のんき》だな。大丈夫なのか。増田は合格発表を見に行くのと一緒に、物件を決めて来たって言ってたぞ」

「そりゃ、あいつは茨城《いばらき》だからいいよ。広島だぜ？　合格発表はネットだったし、ちょくちょく行き来なんか出来ない距離だもん」

「そうだよね。でも…横山くん、大丈夫なの？　一人暮らし」

ちょっとした料理の手伝いさえ出来ない横山が、一人でやっていけるのかと賢一は心配そうだった。


楽観的な横山は全く不安を感じていないらしく、何とかなりますと堂々と言い切る。一人暮らしに関するそんなやりとりは、よくない方向に向かいそうで、朔実はそれとなく話題を替えた。

「そう言えば、竹中《たけなか》が転勤になるらしいぞ」

「マジで？　じゃ、顧問も変わるのか。誰になるんだろう」

お互いが親しくしていた教師についての話をしながら、朔実は賢一の様子を窺っていた。一人暮らしを始める横山を心配する賢一が、自分たちに置き換えて考えないようにと祈りながら、食事を終える。食べ終えた食器を片付け、デザートに買って来たシュークリームを食べ始めて間もなく、朔実は横山の口数が少なくなっているのに気がついた。

横山は明るく振る舞っているけれど、一人で見知らぬ土地で暮らさなくてはいけないことに多少なりとも不安を覚えているに違いない。横山も寂しく思っているのだろうと考え、朔実は敢えて何も言わず、いつも通りに振る舞った。

シュークリームを食べ終えると、横山は帰ると言い、最後に意外なことを頼んだ。

「おじさんに見送って欲しい」

「え…俺？」

玄関で靴を履こうとしていた朔実を退け、横山はその後ろにいる賢一を指名する。眉を顰めた朔実が「どうして」と理由を聞くと、横山は肩を竦めて照れくさいからだと説明した。

「ガラじゃないだろ」

「…まあな」

「それにおじさんが優しく見送ってくれる方が、純粋に嬉しい」

袖にされた気分で顔を顰める朔実に、賢一は苦笑して二人で見送ろうかと提案したのだが、横山は賢一だけでいいと言う。朔実は肩を竦め、その場で「元気でな」とだけ言って、賢一と共に出て行く横山と別れた。

一人、部屋に戻った朔実は、空いた皿やコーヒーを飲んだマグカップをシンクに運んだ。それを洗い始めようとしたものの、何となく気になってベランダに出た。ベランダから横山と賢一の姿が見えないかと思ったが、まだ階段を下りている途中なのか、その姿はない。

仕方なく、しゃがんでベランダに並べてある鉢植えの様子を見た。賢一が持って来た一鉢の水仙を、朔実は植え替えを繰り返して増やして来た。今では十近くの植木鉢が並んでおり、今年も二月半ばから白い花を咲かせ始めた。

それもそろそろ終わりに近づいており、萎れた花も見られるようになっている。まだ綺麗に花を咲かせている水仙を眺めていると、玄関の方から物音が聞こえた。はっとして立ち上がり、部屋の中へ戻ると、賢一が居間に入って来るのが見えた。

「……」

賢一の顔が強張《こわば》っているのに、朔実はすぐに気がついた。滅多《めった》に見ない表情が気にかかり、「どうかした？」と尋ねる。

「ううん。何でもない」

賢一は即座に首を横に振って答えたけれど、明らかにぎこちなかった。横山を送りに行っただけで、何かあったとは思えない。怪訝そうに見る朔実の視線を避けるように賢一はシンクに向かい、洗い物を始めた。

「…朔実くん、お風呂頼める？」

「…分かった」

ごまかそうとしているのは分かったが、賢一がどうして動揺しているのかは、皆目見当がつかなかった。賢一に頷き、浴室に向かった朔実は、横山に話を聞いてみようと思い、携帯で電話をかけた。

だが、横山は電話に出ず、連絡をくれるようにメールを入れた。移動中で電話に出られないのかと当初は考えていたものの、夜中になっても横山から折り返しの連絡はなかった。横山と賢一の間に諍《いさか》いでもあったのだろうかと考えたが、仲のよかった二人が揉《も》める原因は思いつかなかった。

ただ、一つ。朔実には気に掛かっていたことがあった。帰り際、横山はどうして賢一だけに見送って欲しいと望んだのか。その理由に、賢一が動揺し、横山と連絡が取れなくなった原因が含まれている気がして、朔実は横山と会って話そうと決めた。

電話では話せないまま、朔実は横山の自宅を訪ねた。横山が朔実の家を訪ねて来ることの方が圧倒的に多かったが、朔実も横山宅を何度か訪ねている。顔見知りでもある横山の母親は朔実の訪問を喜んで、すぐに横山を呼んでくれた。

家の外に出て来た横山の顔は、昨夜の賢一と同じように強張っていた。それを見て、やはり何かあったのだと確信した朔実は、わけを問うように横山をじっと見つめた。横山は朔実の視線を避けるようにしながら、歩いて話さないかと持ちかけた。

住宅街の中を歩き始めて間もなく、横山は「ごめん」と謝った。朔実は微かに眉を顰め、謝らなきゃいけないようなことをしたのかと聞く。

「……おじさんから…聞いたんじゃないのか?」

「……。おじさんは何も言ってない。様子がおかしいから…お前に話を聞こうと思って電話したんだが、繋《つな》がらなくて、ここまで来た」

「……」

朔実の答えを聞いた横山は困惑した顔つきで俯いた。隣を歩く横山の横顔を見ながら、朔実はこんな表情の横山を見るのは初めてだと思う。横山はいつも明るく、お調子者だった。それは彼の単なる一面でしかなかったのを、今になって知るのかと思うと、愕然《がくぜん》とした気分になる。

誰よりも親しいと思っていた友人が、隠していたのは…。

「おじさんが好きだったんだ」

「……」

ふいに足を止めた横山を振り返ると、彼は見たこともないような真剣な顔つきでそう言った。朔実は何も言えずに横山を見つめたまま、昨夜、見た賢一の強張った顔を思い出していた。賢一は横山から特別な想いを伝えられたのだろう。

だから…あんな顔をしていたのだ。何かあったのだとは推測していたものの、余りにも思いがけない出来事で、朔実は声も出せなかった。ただ、呆然《ほうぜん》と立っている朔実に、横山は苦しげな表情で隠して来た真実を伝える。

「…入学式で…お前と一緒にいたおじさんを見た時から…気になってて…。お前と仲良くなって、家に遊びに行くようになって…いつの間にか、好きになってた。…おじさんを困らせたくなかったから…黙っていようと決めてたんだけど……どうしても伝えたくて…」

明日、広島へ発つ横山にはチャンスに思えたのかもしれない。言うべきか、言わざるべきか。横山が相当悩んで行動に出たのは朔実にもよく分かった。

賢一は自分の叔父だ。賢一を好きだと自分に知れれば、距離が出来るのも分かっていたはずだ。

それに…昨夜の賢一や横山を見る限り、思いが叶ったとは思いがたい。横山は辛《つら》そうに顔を歪《ゆが》めて、朔実に賢一への詫びを託した。

「おじさんには…迷惑だったと思う。…ごめんって…謝っておいてくれないか…」

「……」

「お前にも…厭《いや》な思いをさせてすまない…」

深々と頭を下げたまま動かない横山に、朔実は何も言えなかった。横山の為を思うなら、多少なりとも声をかけるべきだった。明日、東京を離れる横山を気遣い、元気で暮らすように励ますべきだった。それが三年間、親しくして来た友人に対する義理だと分かっていても、言葉が出て来なかった。

横山を見ているのが辛くて、朔実は彼に背を向けて歩き始めた。横山の気持ちを考えられない自分の狭量さを責めながら、同時に、見てはならないものを見てしまったという、取り返しのつかない気分に苛《さいな》まれていた。

横山の家から戻る頃には日も傾き始めていた。六階までの階段をいつもよりゆっくり上がり、玄関のドアを開けるとミシンの音が聞こえた。低い機械音は賢一がいる証拠でもあり、朔実には何より安心出来る音だ。自然と溜め息を漏らしてしまった自分を窘め、いつも通りの態度を崩さないように意識しながら、靴を脱いで部屋に上がる。

居間に入って「ただいま」と声をかけると、賢一は作業の手を止めて「お帰り」と言って振り返る。時計を見た賢一は、五時近くなっているのに気付いて慌てた。

「あ…もうこんな時間…。最近、明るくなって来てるから、時間が読めないな」

「いいから、仕事してなよ」

家のことが何も出来てないと焦る賢一に、朔実は笑って声をかけて、洗濯物を取り込むためにベランダに出た。朝から世話をしていないのを思い出し、先にじょうろで鉢植えの水仙に水をやる。

それを目にした賢一が、部屋の中から声をかける。

「二階のおばあちゃんが、今年も綺麗な花が咲いたって喜んでたよ」

「俺も声をかけられた。そろそろ鉢を大きくした方がいいよって言っておいたけど」

朔実が株分けして増やした水仙を、賢一は同じマンションで暮らす顔見知りの女性にプレゼントしていた。夫を亡くして一人暮らしだと言う女性には朔実も時折顔を合わせるので挨拶している。

穏やかで優しい賢一は、誰からも親しまれやすい。一緒に買い物に出かけると、声をかけられない時はないほどだ。水やりを終えたじょうろを置くと、朔実は洗濯物を取り込んで部屋の中へ戻った。

「おじさん、食べたいものある？」

「何でもいいよ」

「昨日は唐揚げだったから、さっぱりしたものの方がいいよね」

「…そうだね」

一瞬、賢一の反応が遅れたのに気付き、朔実は洗濯物を畳みながら、和室の方を見た。賢一はいつもと変わらない様子で、仕事をしている。賢一はきっと、横山に告白されたことを自分には言わないだろう。

横山に好きだと言われて、賢一はなんと答えたのか。横山は具体的な話をしなかったけれど、彼の想いが叶わなかったのは分かっている。戸惑いを浮かべて、ごめんなさいと謝る賢一の姿を想像しながら、朔実は心の中で溜め息を吐いて畳んだ洗濯物を仕舞いに向かった。

賢一の部屋に入り、彼の衣類を箪笥《たんす》に入れた後、朔実は壁際に置かれたベッドに腰を下ろした。和室からは低いミシンの音が聞こえる。賢一が使っているベッドは生前、母が使っていたものだ。

買い換えたらと勧めたのだが、まだ十分に使えるからと言って、賢一はシーツだけ新しくした。ベッド以外の家具も母が使っていたものをそのまま使っている。母の生前から見かけはほとんど変わらない部屋でベッドに寝転び、朔実は深く息を吐き出す。

「……」

横山が賢一を好きだったという事実は、朔実にとってもショックだった。親友が男を好きだったこと。相手が自分の叔父だったこと。それに少しも気付かなかったこと。三年も一緒にいたのに、横山を全然分かっていなかったのだと思い知らされたこと…。

様々な要因が重なり合って、頭の中が混乱していたが、自分が何に一番衝撃を受けているのかだけは分かっていた。横山が賢一を好きだったことじゃない。

賢一は同性に好かれるタイプなのだ、ということだ。

「……」

薄々は分かっていた。賢一に初めて会った時、まだ子供だったけれど、綺麗だと思った。いや、子供だからこそ、純粋にそう思えた。顔貌《かおかたち》や、長い指や、華奢な肩など、綺麗だと感じられる要素をたくさん備えていたせいもある。

だが、それ以上に、賢一は佇《たたず》まいが美しかった。小さく微笑んで名前を呼んでくれるだけで、しあわせに感じられた。この人が自分の叔父なのかと、信じられない思いがしたのを、今でもリアルに覚えている。

そんな賢一と一緒に暮らし始めて、自分の感覚は間違っていないのだと確かに分かったのは、小学校の卒業式だった。賢一は卒業式用のスーツを仕立ててくれたが、出席するのは遠慮したいと言った。賢一との同居を始めたばかりで、朔実の方にも遠慮があったから、仕方ないと諦めた。

けれど、賢一は当日になって考えを改め、式を見に来てくれた。体育館の片隅に控えめに立っている賢一を見つけた朔実は、彼が出席を躊躇った理由が分かったような気がした。賢一は白いシャツに鼠色のカーディガンという、いつもと同じ格好だったのに、誰よりも目立っていた。

ひっそりと立つ賢一は、彼が持って来た白い水仙のように凛《りん》とした美しさに満ちていた。朔実は賢一が誇らしくて仕方がなかった。それからも、入学式や授業参観などがある度、賢一が自分の叔父であったのを感謝した。

高校の入学式でも、賢一は誰より目を引く存在だった。横山が心を奪われたのも無理はない。その後、好きになってしまったのも。

「……バカだ…」

あいつはバカだ。苦しげな横山の顔を思い出し、朔実は眉を顰める。どうして想いを伝えようなんて思ったのか。どうせ叶わないと分かっている想いなら、黙っていた方が自分の為にもなったのに。

どうせ叶わないと分かっているのなら。心の中でそう繰り返し、朔実は深く息を吸い込んだ。鼻で感じた匂いはかつて母の部屋だった頃のものとは違う。六年も一緒に暮らしているのだから、賢一の匂いだと身体が覚えているのは当たり前なのに、新しく嗅いだ匂いのように感じているのが不思議だった。

3

大森と呼ぶ声に気付いた朔実が周囲を見回すと、少し先で同じ研究室で学ぶ根本《ねもと》が手を振っているのが見えた。軽く手を挙げて挨拶する朔実の元へ、根本は一緒にいた友人から離れて駆け寄って来る。

「どうすることにした？」

「ちょっとまだ…決めかねてるんだ。根本はもう決めたんだよな？」

ああ…と頷く根本を見て、朔実は「そうか」と相槌を打つ。大学生活も四年目を迎え、朔実は進学か就職かを決める岐路に立たされていた。研究室に残り、大学院に進みたいという希望を抱きながらも、金銭面についての問題があって、就職活動も行っていた。本腰を入れて活動していたわけではないが、取り敢えず、内々定を得ている企業もある。

それでも大学に残りたいという望みが捨てきれず、同じ研究室で大学院進学を希望している根本に相談していた。出願時期は間近に迫っているし、出願するとなれば、企業側にも辞退を申し入れなくてはいけない。

「金の問題なら奨学金っていう手もあるぞ。お前になら教授だって喜んで口添えしてくれるだろうから、無利子で借りられるんじゃないか。自宅から通学してるんだし、問題は学費だけだろ？」

「そうだな…」

親身に提案してくれる根本に、朔実が頷きかけた時だ。大森くん、と背後から声をかけられる。聞き覚えのある声にはっとして振り返れば、同じ学部の准教授である小田桐《おだぎり》が立っていた。建物から出て来るところだった小田桐は、柱の陰になっていた根本が見えていなかったようで、彼の存在に気付くと微かに表情を引き締めた。

「…中田《なかた》先生から頼まれていた資料が届いてるんだ。後で取りに来てくれるかな」

「分かりました」

失礼…と挨拶して去って行く小田桐を、根本は軽く会釈して見送る。その背中が離れたのを確認してから、感心したような声を上げた。

「小田桐先生っていつ見ても格好いいよな。小田桐先生がいるお陰で、影山《かげやま》研究室は女子に人気が高いらしいぞ」

「羨ましいのか?」

「むさくるしいのより、いいじゃないか」

うちは特に女子率が低過ぎる…と嘆く根本を笑い、朔実は来週中には結論を出すと告げた。もしも受験することになったら色々相談しようと言い、根本は友人たちの方へ戻って行く。一人になった朔実は腕時計で時刻を確認してから、研究室に顔を出す前に小田桐のところへ先に行こうと決め、教職員棟へ足を向けた。

朔実が所属する中田研究室がある棟と、教職員の個室がある棟は違う敷地に建っており、公道を隔てた向こう側になる。朔実の通う大学は都心にあることから、複数の公道を跨《また》いで敷地が点在していて、ちょっとした用でも移動に時間がかかる。教職員棟がある敷地には他にも事務棟などが建っていて、通常学生が出入りする場所ではない為、人気《ひとけ》は疎《まば》らだ。

小田桐の部屋がある四階まで階段を使って上がると、廊下を歩いて三番目にあるドアをノックする。すぐに「はい」と答える小田桐の声が聞こえ、朔実は無言でドアを開けた。

「帰って来るのは明日だと思ってました」

「早めに用が済んだから長居することもないと思って。午後の便で帰って来たんだ」

小田桐は先週から学会の準備の為、宮崎《みやざき》県へ出張していた。その間に溜まった郵便物をチェックしている彼を見ながら、朔実は壁際に置かれたソファに腰掛ける。小田桐の部屋はきちんと整頓されていて、いつも掃除が行き届いている。居心地のよい空間は小田桐の外見にも通じるところがあるのだろうなと思って室内を見回していると、「どうした？」と聞かれた。

「根本が…さっき一緒にいた友人ですけど、小田桐先生は格好いいって話してたんで。綺麗な部屋は容貌にも通じるのかと」

「河口《かわぐち》先生の部屋は僕のところよりも綺麗だけど、彼が格好いいという意見は聞いたことがないな」

「厳しいですね。河口先生が聞いたら泣きますよ」

河口は小田桐と同じ准教授で、年齢も近いのだが、外見はほど遠い。頭髪は薄く、体型もふくよかな河口は、小田桐とは対極にいる。苦笑する朔実に、小田桐は郵便物を開封する手を止めないまま、河口は一般的な格好よさからは遠かったとしても、服装の趣味はいいとつけ加えた。

「彼はいつでもきちんとした格好をしていて、感心するよ。ただ、ジャージは似合わないけどね」

「先生も似合いそうにないですけど」

ジャージに関してはどっこいどっこいなのでは…と朔実が言うと、小田桐は「そうかな」と首を傾げた。最後の封筒を開け、中を覗き見るように確認して、椅子から立ち上がる。

「見たことないだろう？　僕のジャージ姿を」

「残念ながら」

肩を竦める朔実を、小田桐は微かに笑みを浮かべて見下ろした後、ソファに座る彼を跨ぐようにして座った。唇を重ねて来る小田桐につき合い、口付けを交わす。最初から欲望を露わにして口付けて来る小田桐に、朔実は苦笑して、「どうしたんですか?」と聞いた。

「…いけないか?」

「いけなくはないですけど…」

苦笑いを浮かべたまま答える朔実を、小田桐は微かに目を眇《すが》めて見つめる。表情を変えない朔実に小さく息を吐き、彼の唇を啄《ついば》むように食《は》んでから、低い声で呟いた。

「…君は…時々、どきりとするほど、意地悪だ」

小田桐の言葉を聞いた朔実は仕方なさそうに唇を歪め、彼の背中に腕を回した。軽く抱き締め、耳元で「そんなことありません」と否定する。自分の声を聞いただけで身体を震わせる小田桐を、どう思えばいいのか、迷いながら唇を重ねる。

小田桐と初めて性的な関係を結んだのは、四年に進級した頃だった。それまで同じ学部の学生と教員という程度の存在だったが、小田桐の所属する影山研究室と、朔実のいる中田研究室が同じ学会に出席することになり、雑用を任された朔実は小田桐と話をする機会があって、親しくなった。

朔実は大学に入った後、複数の相手と性的な関係を結んだが、特定の恋人は作らなかった。相手が同性ばかりだったこともあり、学内の関係者と関係を持つことも避けるようにしていた。小田桐に関しては、女子学生に人気のあるイケメン准教授だという認識しかなく、彼がゲイだというのにも気付いていなかった。

誘って来たのは小田桐の方だった。大学内の…しかも教員と関係を持つのには抵抗があったが、小田桐に対する興味もあって、条件をつけて誘いに乗った。小田桐は一回り以上年上で、スマートで理知的な人間だったから、最初から断っておけば面倒なことにはならないだろうとも考えた。

朔実が出した条件は小田桐にとっても都合のよいものだった。絶対に誰にもバレないように気をつける。身体だけの関係で、気持ちまでは望まない。どちらかが厭になったらすぐに別れる。

ほぼ行きずりの相手と刹那的に関係を持つのではなく、特定の相手と繰り返し関係を結ぶのは初めてだった。それは朔実にとって興味深い体験ではあったけれど、夢中になれるものではなかった。ただ、快楽をコントロールする術は確実に磨かれた。

「……っ……ん……」

互いの唇を優しく味わうようなキスが欲望を栄養に成長していく。もっと欲しいと望む小田桐にあわせ、深い場所まで探っている内に、漏れる吐息は熱くなる。彼の鼻先から零《こぼ》れた声音が甘くなり過ぎているのに気付いた朔実は、口付けを解いて囁《ささや》きかけた。

「…ここじゃ…キスしかしませんよ」

「…分かってる…」

冷静な朔実が憎らしいというように、小田桐は眉を顰めて少し乱暴に朔実の唇を塞いだ。分かってると言いながら、自分が理性を失いかけているのを小田桐は気付いていないように見えた。朔実は困った気分で、彼の腰に手を回す。

後ろから狭間に指を這《は》わせると、小田桐は大きく身体を震わせた。反射的に口を離し、「あっ」と高い声を上げる小田桐に、朔実は低い声で告げる。

「…明日なら」

「……今夜は？」

「夜は駄目です」

きっぱりと断る朔実を、小田桐は不満げな目で見たものの、何も言わなかった。小田桐が朔実と関係を持つようになって数ヶ月が経つが、その間、夜に彼と会ったことは一度もない。その理由を聞いても朔実は答えず、小田桐も問い詰めることはしなかった。

明日という提案を飲みつつも、またキスを始めようとする小田桐を、朔実が仕方なさそうに注意しようとした時、携帯の鳴る音が聞こえた。鳴ってますよ…と教える朔実に、小田桐は眉を顰めてその上から退《ど》く。机の上に置いてあった携帯を取り、溜め息を吐いてから、ボタンを押して会話を交わした。

朔実は小田桐に勢いで脱がされかけていた衣服を整え、ソファから立ち上がり、短い通話が終わるのを待っていた。携帯を閉じた小田桐に、「資料は？」と聞く。元々、小田桐は中田に頼まれた資料を取りに来て欲しいと、朔実に告げていた。

「…ああ。そうだったね…。……これだ。中田先生に渡しておいてくれ」

「分かりました」

差し出された茶封筒を受け取り、朔実が部屋を出ようとしたところ、小田桐が「そう言えば」と言い出した。

「進学の件はどうなったんだ？」

「…まだ決めてません」

「そろそろ決めないとまずいんじゃないか」

小田桐に会う前、根本からも聞かれている。朔実は真面目な顔で「そうですね」と相槌を打ち、早い内に相談して決めると返した。

「中田教授も君には期待してる。ご両親を説得するのに、僕で手伝えることがあるなら、力を貸すよ」

「……。ありがとうございます」

　手助けすると申し出てくれる小田桐に礼を言い、朔実は彼の部屋を辞した。預かった茶封筒を手に教職員棟を出て、研究室のある別の敷地へ向かって歩き始める。説得は…恐らく必要ない。たぶん、手放しで進学を勧めてくれるとは…分かっているのだけど…。

　朔実が大学院への進学を考えたのには、複数の要因が影響していた。一つは純粋により深く学びたいという思い。一つは担当教授や周囲からの勧め。そして、もう一つ。頭の隅にある隠れた小さな思いが、迷いを生んでいた。


　玄関のドアを開けると、低いミシンの音が聞こえる。朔実はいつもするようにほっと息を吐いてから、施錠して靴を脱いだ。廊下を進んで居間に入り、和室の方へ「ただいま」と声をかけて、仕事をしている賢一を覗いた。

「あ、お帰り。早かったね」

「早くもないよ。もう七時過ぎてるし」

「えっ。あ、本当だ…。まだ明るいからって誤解しちゃうんだよな」

「夏至前だからね。一番日の長い頃だ」

　時間を忘れて仕事に没頭していたらしい賢一を笑い、帰りがけに買って来た食材を台所へ置く。荷物を自室に置いて戻ると、夕飯の支度を始めた。

「ごめん、朔実くん。俺も手伝うよ」

「手伝いは要らないけど、休憩はした方がいいかも。朝から働きづめなんだろ」

　身体を気遣って言う朔実に、賢一は頷き、仕事を一旦終えて風呂を洗って来ると答えた。朔実が大学二年の時、賢一の作ったシャツが雑誌で紹介された。センスがいいと評判の女優がお気に入りだと評したせいもあり、爆発的な人気となって、三年近く先まで予約で埋まっている状況が続いている。

仕事が忙しいのはいいことだが、夢中になると徹夜だってしかねない賢一を無理させないよう、朔実はいつも気を遣っている。よほどの事情がない限り、夜は必ず、十時には仕事を終わるようにさせていた。

風呂の用意から戻って来た賢一は、台所に立つ朔実に献立を聞いた。

「何にした？」

「冷やし中華。よかった？」

「嬉しい。暑くなってきたし、ちょうど食べたいと思ってたところ」

薄焼き卵を焼く朔実の横で、賢一はきゅうりを千切りにする。蟹《かに》かまぼこを薄く剝ぎ、ハムを切って、具材を用意してから、朔実は中華麵を湯がいた。二人分の冷やし中華を盛りつけ、買って来た春巻きを皿に盛り、テーブルに並べる。

「おじさん、ビールは？」

「飲む。今日はもう終わりにするよ」

朔実が高校を卒業するまで、賢一はアルコールを控えていたが、大学に入ってからは家でも時折飲むようになった。賢一の返事を聞いて朔実は冷蔵庫から出したビールを渡す。いただきます…と二人で手を合わせた後、賢一はビールのプルトップを開けた。

「朔実くんは飲みたくならないの？」

「全然」

朔実も二十歳を過ぎ、外で酒を飲む機会もあるが、ほとんどの場合、口をつけることもない。成人した後、試しに飲んでみたものの、ちっとも美味しいとは感じられなかった。自ら好んでビールを飲む賢一が、朔実には理解出来ない。

「美味しいのに」

「苦いだけじゃん」

「甘いお酒もあるけど、朔実くんは甘いものも駄目だからな」

　難しい…と首を傾げつつ、賢一は冷やし中華に箸をつける。夏の定番でもある冷やし中華を食べるのはその年初めてで、夏が来た感じがすると言って笑った。

「これでスイカがあれば完璧だね」

「スイカはさすがにまだ早いよ」

　スーパーマーケットには出回っているけれど、まだ食べたいとは思わないと肩を竦める朔実に、賢一はもうすぐ七月だと指摘する。

「このところぐずついてるから蒸し暑い程度だけど、晴れたらうんと気温も上がるよ」

「そうなったら買って来る」

　賢一は果物が好きで、旬のものには目がない。きっとスイカが食べたいのだなと思い、朔実は苦笑して約束した。それと同時に、賢一が七月だと言ったのが気に掛かって、箸の運びがゆっくりになった。朔実の変化に賢一はすぐに気付き、「どうした？」と尋ねる。

「…ちょっと…おじさんに話があって…」

「……。俺も…朔実くんに話したいことがあるんだ」

　賢一が話したいことと言うのが気になって、朔実は彼を見つめて「何？」と聞く。ビールを飲んでいた賢一は、缶に口をつけたまま、朔実の方に向かって手を差し出した。先にどうぞ…と勧められた朔実は、迷いながらも時間がないのは分かっていたので、思い切って口を開いた。

「……大学院に…行きたいんだ」

「え……」

「本当は…ちゃんと就職して……おじさんに恩返しとか…するべきだとは分かってるんだけど…」

大学院と聞いて驚いた表情になる賢一に、朔実は躊躇いがちに話を続ける。賢一はビールの缶を置いて首を横に振り、ちょっと待ってと朔実の話を遮った。

「ごめん、俺…大学とか行ってないから…よく分からないんだけど…。大学院っていうのは…大学の続きみたいなもの…なの？」

賢一が高校を中退しているのは朔実も知っていた。だからこそ、朔実には大学まで行って欲しいと望んでいたのだ。学校のシステムがよく分からないと言う賢一に、朔実は自身のことも踏まえて説明する。

「続きというか…大学の更に上の学校っていう感じかな。俺は今やってる研究を続けたいから、研究室に残る感じにはなるんだけど、大学院には受験があるから…」

「えっ。また受験勉強するの？」

受験と聞いて大学受験の頃を思い出したらしい賢一は、驚いた顔で確認する。朔実は小さく笑って、大学受験ほどは大変じゃないと答えた。

「違う専門分野に行くとか、別の大学の院に行くとかなら準備もそれなりに大変なんだろうけど、俺の場合、今いるところだから…。教授も声をかけてくれてるし、たぶん、受かる」

「そうなんだ。朔実くん、期待されてるんだね」

嬉しそうに言う賢一に、朔実は苦笑を返してそういうわけじゃないと謙遜する。面はゆく感じながらも、賢一が我がことのように喜んでくれるのは朔実も嬉しかった。だが、大学の時とは違って、賢一の望みを叶えるという大義名分がない分だけ、申し訳なく思う気持ちも大きかった。

だからこそ、ぎりぎりまで相談出来ずにいた。賢一が賛成すると分かっていたせいもある。

「頑張ってね。受験はいつなの？　一月とか？」

「いや…、うちは八月だけど…」

「八月？　じゃ、もうすぐじゃないか」

二ヶ月もないのに大丈夫なのかと心配する賢一の中では、すっかり大学院に行くと決まっているようだったが、朔実としてはきちんと確認を取っておきたかった。先走る賢一に、受験を心配するよりもデメリットを分かっておいて欲しいと告げる。

「大学院は修士課程っていうのと、博士課程っていうのがあって、まずは修士課程に入るんだけど、それを終えるのに二年かかるんだ。その上の博士課程に進むことになったら…もっとかかる。その間、学費もかかるし…」

「学費は大丈夫だよ。朔実くんは心配しなくていい」

「でも……。…おじさんには言ってなかったけど、実は就職活動もしてて、内々定を貰ってる企業もあるんだ。大学院に行きたいっていうのは俺の我儘《わがまま》でもあって…おじさんのことを考えると…」

就職した方がいいんじゃないか…と躊躇いがちに言う朔実に、賢一は大きく首を横に振った。

「朔実くんは朔実くんのしたいことをすればいいんだから。それに大学院に行くなんて、誰でも出来ることじゃないよ。俺は朔実くんを応援するから」

「……」

頑張って。そう言う賢一が自分を誇りに思ってくれているのが、言葉はなくとも伝わって来て、朔実は複雑な気持ちで賢一を見つめた。もしも…賢一が自分の胸に仕舞われている暗い考えに気付いたら…どう思うだろう。後ろ向きな想像をしかけた朔実の前で、賢一は缶ビールを飲み干して、「そうか」と笑顔で呟いた。

「朔実くんが大学院に…。俺には遠い世界だけど、すごいっていうことだけは分かるよ」

「……。すごいなんてことはないよ」

賢一に褒めて貰えるようなことじゃない。賢一が喜んでくれるほどに、胸の奥に仕舞った後ろめたさが大きくなるようで、朔実は残っていた冷やし中華を再び食べ始めた。すっかり伸びてしまっている麺を啜りかけてすぐに、そう言えば…と思い出す。

「…おじさんの方は？」

「え？」

「話があるって言ってただろ」

何の話だったのかと朔実が聞くと、賢一は僅かに戸惑った様子を見せた。でも、それは一瞬で、すぐにいつもの顔になって、もういいのだと言う。

「大したことじゃないから…。それより、朔実くん、受験勉強しなきゃいけなくなるんだろ。明日から、晩ご飯は俺が作るから、気にしなくていいからね」

「……。だから、さっきも言っただろ。たぶん、受かるって」

「でも、試験なんだから…」

勉強しないと…と真面目な顔で言い、賢一は春巻きを摘《つま》んで齧《かじ》りつく。その顔を見ながら、賢一が話そうとした内容を朔実は気にかけていたが、本人が大したことじゃないと言ってるのに追及するのもどうかと思われた。実際、賢一の話は平々凡々としたものが多い。ゴミを捨てに行ったら黒猫が横切ったとか、ベランダに雀《すずめ》が来たとか。部屋に閉じこもって仕事をしている賢一は自然と世間が狭く、小さなことでもニュースとして朔実に報告する。

だから、その手の話だったのだろうと理解し、朔実はそれ以上聞かなかった。自分の話が重要なものだったから、余計に大した話じゃないと遠慮したのかもしれない。その内、世間話の一つとして聞けるだろうと思い、冷やし中華を食べ終えた。

小田桐は細く見えるけれど、実はしっかりした身体つきをしているのだと知ったのは、彼と初めて関係を持った後だった。ベッドで起き上がった彼の背中を見て、こんな身体をしていたのかと小さく驚いたのを覚えている。

あの時と同じ背中を見つめ、朔実がぼんやり考えていると、その視線に気付いた小田桐が振り返った。

「…何？」

「…先生って着痩せしますよね」

「……。太ってるとは…思ってないが…」

着痩せの意味を取り違えて、微かに眉を顰める小田桐に、朔実はそういう意味じゃないと伝える。しっかりした筋肉がついているのが意外だったのだと、初めて見た時の感想を口にする朔実の上に、小田桐は笑って覆い被《かぶ》さった。

「ちゃんとトレーニングしてるからね。これでも気を遣ってるんだ」

「そうなんですか」

「僕も三十半ばだ。気を遣わないとあっという間におじさんだよ」

茶化すように言い、小田桐が重ねて来る口付けを朔実は受け止める。小田桐が一人で暮らすマンションは閑静な住宅街の中にあるせいか、昼間でもとても静かだ。大学の部屋と同じく、掃除が行き届いていて、居心地もいい。

夏の午後、冷房の効いた部屋で小田桐に求められるままセックスしている内に、いつしか夕方になっていた。繰り返し繫がったにも関わらず、また淫猥《いんわい》なキスをしかけてくる小田桐に、朔実は苦笑する。

「…おじさんには思えませんけど？」

「ん……。君は若さが足りない」

「不満ですか？」

「セックスには満足してるけど……欲望の度合いは物足りないな」

小田桐が何を不満に思っているのかは、朔実も分かっていた。遠回しな非難を苦笑して聞き、そろそろ帰ると告げる。朔実の上から彼の顔を覗き込んでいた小田桐は、微かに顔を顰めて低い声で囁いた。

「…まだ夜じゃない」

暗くなるまで帰さないと続け、小田桐は再び朔実の唇を塞ぐ。時間は気になったが、小田桐を突き放すまでもなく、朔実は求めに応じて舌を絡ませる。


激しい口付けに喜んで夢中になる小田桐の身体を抱えて起き上がると、後ろから狭間に指を這わせる。

「っ…ん…」

何度か繫がった孔《あな》は柔らかくなっていて、朔実の指先をすんなりと受け入れる。中で吐き出したものがとろりと流れ出る感覚に、小田桐が口付けたまま息を呑む。朔実が中で指を動かすと、小田桐は唇を離して甘い声を上げた。

「あ…っ……ふ……っ…」

「…どうしたいですか？」

「っ…ん……っ…」

朔実が低い声で聞くと、小田桐は深い溜め息を漏らす。自分の欲望を計りかねているような気配を感じ、朔実は具体的に問いかける。

「自分で乗るか……後ろから突くか…。前からの方がいいですか？」

「…ふ…あ…っ」

揶揄《やゆ》するような調子で朔実が尋ねると、小田桐はひくひくと内壁を動かした。淫らな想像に耽《ふけ》っているに違いない小田桐を見つめ、朔実は彼の額や頬に口付ける。唇が触れるだけの仄かな触れ合いを繰り返し、耳元で「どうしますか?」と聞くと、小田桐はびくりと身体を震わせた。

「…後ろ……っ…」

躊躇いがちに欲求を伝える小田桐に頷き、朔実は中を弄《いじ》っていた指を引き抜く。自分の上に乗っている彼の身体をベッドの上へ乱暴に組み伏せると、腰を高く持ち上げ、濡れた孔に自分自身を宛がった。

「っ…あ…っ…!」

朔実が一気に貫くと、小田桐は高い声を上げて上半身をシーツに埋《うず》める。肘で身体を支えている小田桐の腰を抱え直し、自分の方へ引き寄せて朔実はリズミカルに突き上げた。柔らかな小田桐の中を蹂躙《じゅうりん》するのは、朔実にとっても快楽であり、次第に昂揚《こうよう》し始める。

少しずつ極まって来る内に、自分自身を打ち込んでいる背中が小田桐ではないように感じられる。顔が見えない体勢だから余計だ。いけない想像をしてしまわないように、朔実は動きを止め、小田桐の中から自分を抜いた。

「っ…あ…いやっ…」

急に行為を止められた小田桐が悲痛な声を上げて崩れ落ちる。朔実はその身体を抱え起こし、仰向《あおむ》けにさせて脚を抱えると、再び貫いた。

「ああっ…!」

激しい刺激に小田桐は嬌声《きょうせい》を上げ、朔実にしがみつく。朔実は腰を揺らして小田桐を突き上げながら、彼にキスを求める。喜んで唇を重ねる小田桐と激しく咬《か》み合って、朔実は何を想像しかけたのかを必死で自分に忘れさせようとしていた。

中で達した朔実が自分を抜くと、小田桐はベッドに崩れ落ちるようにして横たわった。激しい情事のせいで朦朧《もうろう》としている様子の小田桐を残し、朔実はベッドを下りて落ちている衣服を拾った。それを持ってバスルームへ向かうと、シャワーを浴びて服を着替えた。

小田桐に声をかけてから帰ろうと思い、寝室に戻ったが、ベッドに彼の姿はなかった。「先生？」と呼びかけながら姿を探すと、キッチンから「こっちだ」という声が聞こえる。キッチンを覗けば、シャツを羽織っただけの小田桐が冷蔵庫を開けていた。

「帰ります」

「喉、渇いてないか？」

グラスに注いだミネラルウォーターを差し出す小田桐に頷き、朔実は礼を言って受け取る。冷たい水を一息で飲み干すと、キッチンにある時計を見た。時刻を気にしている様子の朔実を、小田桐は苦笑して「逆ヴァンパイアだな」とからかった。

「逆ヴァンパイア？」

「ヴァンパイアは夜が明ける前に消えるだろう。君は逆だ」

夜になる前に姿を消す…と言う小田桐に苦笑し、朔実は空のグラスをシンクに置いた。夜を一緒に過ごさないわけを打ち明けない朔実を、小田桐は訝しく思っていた。朔実もそれは分かっていたが、話すつもりはなかった。

「そう言えば、願書を提出したんだってな」

「はい。これから受験勉強です」

「君なら寝てても合格だ」

　分かりません…と首を振る朔実に、小田桐は続けて親の了解はすんなり取れたのかと聞く。朔実は小さく笑って、曖昧に頷いた。失礼しますと挨拶し、玄関へ向かいかけた朔実は、小田桐が後ろをついて来ているのに気付き、意外に思って振り返る。

「先生？」

　これまで小田桐が見送りに出て来ることはなかった。何か用でも思い出したのかと聞こうとした朔実に、小田桐は突然抱きつき、キスをした。散々抱き合ったというのにまだ欲情しているのかと、半ば呆れ気分で口付けを拒否し、朔実は小田桐を見る。しかし、小田桐が真剣な顔つきなのを見て、怪訝に思った。

　戸惑いを浮かべる朔実に、小田桐は密やかな声で尋ねる。

「…後ろからするのは嫌いなのか？」

「……」

　小田桐の問いかけは朔実に緊張を与え、同時に警戒心を植え付けた。小田桐に気付かれてはいけないと意識し、唇の端を微かに上げて笑みを浮かべる。

「先生の顔が見たくて」

　だから、好きじゃないと言えばそうなる。朔実の答えを聞いた小田桐は、しばし沈黙した後、再び口付けた。朔実の背中に腕を回し、甘えるような仕草で朔実の唇を食む。それから身体を離し、朔実の目を至近距離から覗き込んだ。

「…大分、分かって来た。君が甘い言葉を吐くのは…隠したいことがある時だ」

「………」

　何も言えずに沈黙する朔実を見つめたまま、小田桐は「気をつけて」とだけ言い、バスルームへ向かった。その扉が閉まるのを見て、朔実は小さく息を吐く。小田桐の部屋をあとにし、マンションの外に出ると、夕方だというのに昼間の熱気がそのまま残っていてうんざりした気分になった。それでも不思議と暑さを感じなかったのは、小田桐の目に感じた冷たさが心を冷やしているせいだと思った。

母を亡くして賢一と一緒に暮らし始めてから、朔実が外泊したことは数えるほどしかない。中学の野外学習と修学旅行、高校でも同じく、校外学習と修学旅行で、外泊した。どれも朔実は行きたくなかったのだが、学校の行事は参加して当然と考えている賢一に要らぬ心配をかけたくなかったのもあって、仕方なく出かけた。

大学では研究室の合宿や所用などで外泊しなくてはならないこともあったが、極力断って来た。プライヴェートなつき合いでの外泊経験はなく、夜遅くなるような飲み会などにも、よほどのことがない限り、参加しない。仕方なく参加したとしても、遅くとも日付が変わる前には、必ず帰るようにしていた。

玄関の鍵を開けて中に入り、ほとんど必ず、聞こえるミシンの音は朔実にとっての精神安定剤だった。偶々《たまたま》、賢一が違う作業をしていてミシンの音がしない時は、少しだけ不安になるけれど、和室を覗けばすぐに「お帰り」と言う賢一の声が聞ける。

一緒に暮らすようになって、賢一が家にいなかったことは一度もない。朔実が帰る時刻にはいつでも家にいてくれた。そういう安心感に依存するような年齢でないのは朔実も分かっていたが、失うことは考えられなかった。

小田桐の部屋を出るのが遅くなってしまったのを

後悔しながら足早に家路についた朔実は、駅前のスーパーマーケットで夕食の材料と共にスイカを買い求めた。ずしりと重みのある買い物袋を提げ、マンションへ帰り六階まで階段で上がる。部屋の玄関を開けてすぐ、三和土《たたき》に置かれている女物のサンダルが目に入った。

誰が訪ねて来ているのかはすぐに想像がつき、脱いだスニーカーを揃えて隅に置く。ただいま…と声をかけながら居間へのドアを開けると、お帰りなさいという女性の声が聞こえる。ダイニングのテーブルには賢一の仕事相手である辰巳《たつみ》がいて、にっこり笑って小さく会釈した。

「お邪魔してます」

「こんばんは」

「お帰り。…あっ、朔実くんもスイカ？」

台所から顔を出した賢一が荷物を見て聞くのに、かぶってしまったのかと思いながら、朔実は頷いた。あら…と声を上げたのは辰巳で、彼女もスイカを手土産に持参したのだと言う。

「大森さん、スイカがお好きだからと思って」

「そうだったんですか。タイミング悪かったね」

「いいよ。毎日スイカでも俺は平気」

かえって嬉しい…と笑って言い、賢一は朔実の荷物を受け取ろうとする。朔実はそれを制して、台所のことは自分がやるので、仕事の打ち合わせをするように勧めた。辰巳は青山《あおやま》でセレクトショップを経営している傍ら、賢一のシャツの販売も担当している。辰巳の店で顧客からの注文を取り、採寸をして賢一が作製する。辰巳は商品の受け取りや打ち合わせの為に、定期的に訪ねて来ていた。

「朔実くん、ごめんなさいね。私が訪ねるのが遅かったから、こんな時間になってしまって。もう終わるから」

「気にしないで下さい。仕事なんですから」

「そう言えば、朔実くん、大学院に進学するんですって？」

辰巳に聞かれた朔実は、冷蔵庫のドアを閉めて賢一を見た。辰巳に話したのは賢一に違いない。まずかったかな…と焦った顔をする賢一に苦笑し、朔実はまだ決まってはいないと応えた。

「これから受験なんで。まだ分からないんです」

「でも、研究室の教授から勧められたんでしょう。受かるに違いないわ。大森さんもすごく喜んでたのよ」

「辰巳さん」

余計なことは言わなくていいです…と賢一が慌てて口止めするのに、辰巳は悪戯《いたずら》っぽく笑って「そうなの？」と返す。ファッションの最前線でもある青山で、長年店を経営する辰巳は社交的な美人だ。五十を過ぎた今も若々しく、そこにいるだけで場が明るくなるような雰囲気を持っている。

経営の面においてもやり手である彼女の補佐があるから、賢一の仕事もスムースに進んでいた。賢一がシャツの作製だけに打ち込めるよう、辰巳はあらゆるサポートをしてくれている。それを分かっているから、朔実も辰巳には感謝していて、彼女の存在を有り難く思っていた。

「朔実くんが大学に入った時も、時が経つのは早いなって思ったけど、今度は大学院なんてね。歳を取るはずね」

「辰巳さんは若く見えますけど」

「あら。朔実くんもお世辞を言えるようになったの？」

「事実ですから」

余計に嬉しいわと言って辰巳は微笑んだ後、頬杖をついて前に座る賢一を見つめた。辰巳が持って来た採寸票を確認していた賢一は、彼女の視線に気付いて顔を上げる。何ですか？　と聞く賢一に、辰巳は小さく溜め息を吐いて「残念だわ」と呟いた。

「会うだけでも会ってみたらいいのに」

「辰巳さん、その話は…」

「ねえ、朔実くんからも言ってくれない？」

賢一が慌てた様子なのを不思議に思いながら、朔実は辰巳を見る。何のことですかと尋ねる朔実に、辰巳は考えもしなかった話を口にした。

「この前、うちのお店を取り上げてくれた雑誌の編集者の子がね。大森さんのことをすごく気に入ってるのよ。三十を少し過ぎたくらいで、年齢もあうし、一度二人で会ってみたらってこの前から勧めてるんだけど、大森さんがなかなかうんって言ってくれないのよ」

「……」

「美人で賢くて…とてもいい子なの。大森さんも三十半ばだし、このままじゃ、あっという間に四十になっちゃいそうじゃない。朔実くんだって大学院に行くような歳なんだから、そろそろ自分のしあわせを考えてもいいと思うのよ。朔実くんだってそう思うわよね？」

辰巳から同意を求められた朔実は、小さく息を吐いてから笑みを浮かべ「そうですね」と相槌を打った。賢一の方は見ないまま、今の生活じゃ出会いもないと辰巳に荷担したような意見を口にする。

「朝から晩までずっと家で仕事をしてるだけですからね」

「そうよね。ほら、大森さん。朔実くんだってこう言ってるんだから」

「辰巳さんってば…」

　強引に話を進めようとする辰巳に、賢一は困り顔で話を仕事の打ち合わせに戻そうとする。そんな二人のやりとりを聞きながら、朔実はそれとなくその場を離れ、自室へ入った。

　ドアを閉めると同時に大きく息を吐き、動揺を収めようとしたが、胸の中に生まれた不安は大きくなるばかりだった。辰巳が賢一を心配するのは当然の話だ。彼女の言う通り、賢一はもう三十六で、世間的には結婚して子供がいてもおかしくない歳なのだ。

　それは分かっていても、朔実には賢一が誰かと結婚するということが想像出来なかった。賢一が同居の解消を言い出すのではないかという恐れは何度も抱いたが、結婚というファクターが影響を及ぼすとは考えもしなかった。

　賢一と離れなくてはいけなくなるのではと恐れた最初のタイミングは、高校を卒業する時。大学に進学するような年齢になったのだから、もう一人でやっていけるよねと言われるのではないかと怯《おび》えた。しかし、賢一は何も言わなかった。その次は二十歳になった時だった。成人したのだから…と言われるのを恐れたものの、その時も賢一は何も言わなかった。

　だから、賢一は自分が学校に通っている間は学費と共に面倒を見ようと考えているのだと思った。大学院への進学を考えたのは、頭の何処かに、学校に通い続ければ賢一と離れなくても済むのではないかという思いがあったからだ。実際、研究を続けたいと思ったたし、周囲からの勧めがあったのも事実だが、心の奥底には賢一と離れたくないという彼への思慕が渦巻いていた。

　口には出来ないその気持ちは自分のエゴだと朔実

は分かっていて、賢一への罪悪感が募っていった。賢一が大学院への進学を手放しで喜んでくれたせいもある。学費などで賢一に更なる迷惑をかけるのを申し訳なく思いながらも、別の暮らしを望まれるのが怖かった。

自分の存在が賢一の負担になっていて、彼を縛っているのだと理解はしていた。一緒に暮らし始めたあの時から、賢一は自分を第一に考え、犠牲を払って来てくれた。二十代後半から三十代前半という、もっとも自由に過ごせる時代を自分の為に使ってくれた。

本当は…自分は賢一のしあわせをもっと考えるべきなのだ。そう自分に強く言い聞かせようとしても、胸を埋める不安が邪魔をする。呆然と立ち尽くしていた朔実は、廊下から聞こえた「お邪魔しました」という辰巳の声にはっとした。

「……」

考え込んでいた時間が思いのほか長かったのに舌打ちして、朔実は深呼吸した。部屋を出て玄関の方を見ると、辰巳が靴を履きながら賢一と話をしている。離れたところから「気をつけて」とだけ声をかけ、朔実は台所に向かった。

夕飯の支度を始めて間もなく、賢一が玄関から戻って来た。手伝おうか？　と聞く賢一に首を振り、風呂の用意を頼む。出来るだけ普通に。強くそう念じていないと、醜い何かが溢《あふ》れ出してしまいそうで、朔実は必死で自分自身と戦っていた。

賢一と向かい合って夕飯を食べる間、朔実は何気なく辰巳の話はどうなったのか聞こうとしたが、聞けなかった。会ってみたらいいよ。いい人かもしれないんだし。そんな風に軽く勧められたらと願い、台詞も考えたのに、どうしても口から出せなかった。

賢一の方も口数が少なく、何となく気まずい空気が流れる夕飯を終えた。二人だけの食卓は普段から賑やかではないのだが、沈黙と捉えられるような静けさは滅多にない。お互いが微妙に牽制《けんせい》し合っているような時間を過ごし、朔実はいつもよりも早めに自室に入って床に就いた。

なかなか眠りにつけずに困っている間にも、悪い考えが次々と浮かんだ。そのせいか、現実なのか夢なのか判別がつかないような、想像の世界にいた。賢一に恋人が出来て、結婚すると言い出したら。この家を出て行ってしまったら。帰って来ても誰もいなかったら。母を亡くしたばかりの頃、毎日寒い部屋で一人きりでいた記憶が蘇り、身体が強張る。自分はもう子供じゃない。あんな風に全てを失くすことなんて、あり得ない。

賢一がいなくなってしまったとしても…自分は…。

「っ……」

ふいに冷たい何かが触れて、朔実は大きく息を呑む。反射的に目を開けると、すぐ傍に賢一の顔があった。

「……。…おじ…さん…？」

「ごめん、びっくりした？」

起こして悪かった…と賢一は謝った後、これを使うように勧める。賢一が手にしているのは冷却用のアイス枕で、冷たく感じられたのはそのせいだったと分かる。

「何…？」

「朔実くん、熱があるんだよ。…ちょっと計ってみて」

賢一は困り顔でそう言い、朔実に体温計を差し出した。朔実は状況が把握出来ないまま、賢一から受け取った体温計を脇に挟む。賢一は朔実に頭を上げさせると、その下にタオルで包んだアイス枕を差し入れながら説明した。

「ちっとも起きて来ないから、心配になって見に来たら、朔実くん、魘《うな》されてたんだよ。汗びっしょりで…触ってみたらすごく熱いから…」

驚いてアイス枕を持って来たと賢一が続けた時、体温計の電子音が鳴った。朔実からそれを受け取った賢一は、眉を顰めて「やっぱり」と呟く。

「八度五分もある。インフルエンザかな。夏にもかかる？」

「……。分からないけど…風邪っぽい症状はない…」

「何だろう…。昨夜、ご飯の時もおかしかったから、心配はしてたんだよ。ちょっと様子見て、夜になっても熱が下がらないようだったら、病院で診て貰おうか」

とにかく、頭を冷やしておとなしく寝てるようにと言い、賢一は朔実のベッド周りを整える。出かける用事があった朔実は時計を見て溜め息を吐いた。

「…しまった…。十時に約束してたのに…。おじさん、携帯取って」

「熱が下がるまで出かけちゃ駄目だよ」

「分かってる。断りの電話入れるだけだから」

普段とは違う厳しい表情で注意する賢一に頷き、朔実は受け取った携帯で研究室に連絡を入れた。急に体調を崩して今日は行けないと短く伝えるのを聞いていた賢一は、通話を終えた朔実に、何か飲み物を持って来ようかと聞く。

「うん。水でいい」

「他に欲しいものは？」

「ない。…おじさん」

「なに？」

「…ありがとう…」

弱々しい声で礼を言う朔実に、賢一は苦笑を浮かべて「何言ってるんだよ」と返し、頬に触れた。賢一の掌は冷たくて、とても気持ちがよかった。自分が熱を出しているのだと実感出来て、朔実は深々と息を吐いて目を閉じる。

賢一は一度部屋を出て、ペットボトルのミネラルウォーターを持って来ると、部屋の明かりを消して再び出て行った。一人になると、朔実は賢一が触れた頬を手で押さえ、その感触を追いながら、熱が出るのはいつ以来だろうと考えた。

幼い頃から身体つきは大きかったけれど、季節の変わり目などに時折熱を出した。働きに出ていた母に仕事を休ませるのは申し訳なく思いつつも、一緒にいてくれることが嬉しかった。賢一と暮らすようになってからも、何度か熱を出した覚えがある。

初めて熱を出して寝込んだ時、賢一はひどく心配してつきっきりで看病してくれた。一日寝てれば下がるからと説明したのに、賢一は傍から離れなかった。ぐっすり眠って起きた時、自分のベッドに凭れかかって寝入っていた賢一を見つけて、朔実は何とも言えない気持ちになった。

感謝と慈愛。そして、何があっても放したくないという、独占欲。あの頃から自分は…。

「……」

どれだけ眠っていたのか分からなかったが、ふっと何かに引き戻されるようにして目を開けると、ミシンの音が聞こえた。低い機械音を耳にしただけで胸の奥が熱くなる。賢一の顔が見たくて、ベッドを下りて部屋を出た。

居間に入って和室を覗いた朔実に、賢一はすぐ気がついて「大丈夫？」と聞いた。

「うん。下がった」

そう言いながら、朔実はソファに倒れるようにして寝転ぶ。賢一は眉を顰めて立ち上がり、ソファに近づいて、朔実の額に触れた。朔実には目が覚めた時に熱が下がったという感覚があった。額に触れた賢一が難しげな顔で「そうだね」と呟く。

「一応、計ってみて。何か食べる？」

「…みかんの缶詰…」

賢一が差し出した体温計を脇に挟み、朔実は窺うように希望を口にした。子供の頃から熱を出した時にはいつも、母にみかんの缶詰を食べさせて貰っていた。普段、朔実は甘いものを好まず、缶詰の果物も食べないが、熱が出た時だけそれを食べたがるのを賢一も知っているはずだった。

それでも、もう何年も熱を出していない。無茶を言ってるかもしれないという自覚があって、窺うような口調で言う朔実に、賢一は「ちょっと待って」と返して、台所に向かう。

「あるの？」

「朔実くん、起きたらみかんの缶詰を食べたがると思って買いに行って来た」

熱を出した時はいつもこれだもんね…と笑って、賢一が缶詰を開けるのを、朔実はソファに寝転んだまま見つめていた。体温計がぴぴぴと鳴り、計測が終わったのを知らせる。熱は六度台にまで下がっており、賢一に報告する。

「下がったよ」

「よかった。やっぱりインフルエンザじゃなかったんだ」

病院に行かなくて正解だったと言い、賢一は缶詰のみかんを盛りつけたガラスの器を、フォークと共に運んで来る。朔実が寝ているソファの横に腰を下ろし、食べさせて欲しい？　とからかうように聞いた。

朔実は苦笑いを浮かべて起き上がり、賢一から器とフォークを受け取った。橙色《だいだいいろ》のみかんを一つ口に含むと、爽やかな甘味とほんのりとした酸味が広がる。一つずつ、確かめるように食べる朔実を見ながら、賢一は静かな声で「朔実くん」と呼びかけた。

「ん？」

「辰巳さんの話、断ったからね」

「………」

思わぬ失敗をして落ち込んでいる子供を慰めるように、穏やかに言う賢一に、朔実は何も言えなかった。瞬きもせずに固まっている朔実を賢一はしばらく見つめていたが、やがて小さく笑みを浮かべて立ち上がった。そのまま和室へ戻り、仕事を再開する。

賢一が言った「辰巳さんの話」というのが何を指しているのか、朔実にはよく分かっていた。大きなショックを受けた朔実は、みかんを食べ続けることが出来なかった。朔実自身、明確には捉えていなかった自分の気持ちが、賢一の言葉によって明らかになった影響は大きく、息を満足に吸うことも出来ない。

大学院への進学と同じだ。賢一と離れたくないという気持ちを進学に置き換えたように、表向きは賢一を心配する辰巳に同調しようとした。いや、しなければならないのだと、自分に言い聞かせようとした。けれど、賢一と離れたくないという気持ちを消すことは出来なかった。賢一が誰かを好きになり、その人と一緒に暮らすなんて言い出したら…。

賢一のしあわせを願う気持ちと、彼を失いたくないという気持ちに挟まれ、身動きが取れなくなって…。

「………」

だから、熱が出たのかと理解した朔実は、大きく息を吐き出して、幼い自分にうんざりする。賢一はそれも分かっていたに違いない。十四歳という年齢の差を感じることはこれまで余りなかったけれど、今更ながらに痛感させられた気分だった。和室からミシンの音が聞こえ始める。ともすれば、零れてしまいそうになる涙を堪えようと、朔実は甘いみかんを無理に口へ放り込んだ。

八月二十日過ぎに大学院の入学試験を受けた朔実は、賢一に合格発表はいつなのかと聞かれた。正確な日にちを覚えていなかったため、たぶん、九月十五日くらいじゃないかと答えたのだが、賢一は十五日が合格発表だと理解してしまった。だから…。

「おはよう、朔実くん」

「…おはよう」

その日、明け方近くまでレポートを書いていた朔実が起きたのは十時過ぎで、あくびを漏らしながら何気なく居間に入ると、待ち構えていたように賢一が声をかけて来た。いつもは仕事に没頭している賢一に朔実から声をかけるパターンが多い。何故《なぜ》か張り切っているような雰囲気が感じられ、朔実は不思議に思って聞いた。

「どうかした?」

「何言ってるんだよ。今日は合格発表の日だろう」

怪訝そうに聞く朔実が信じられないというように、賢一は立ち上がって近づいて来る。朔実の手元を見て、「パソコンは?」と尋ねる。

「パソコン?」

「ほら、ネットで見るんだろう？」

大学の合格発表と同じだと考えているらしい賢一に苦笑し、朔実は申し訳ない気分で「受かったよ」と伝える。

「えっ、もう見たの？」

「いや、昨日、教授から聞いた。ごめん。言うのを忘れてた」

「嘘」

あり得ない…と首を振る賢一は眉を顰めていて、いかに真剣に考えてくれていたのかが分かって、朔実は「本当にごめん」と詫びて頭を下げた。朔実は優秀だったし、教授からの信頼も厚く、大学内では朔実自身を含めた彼の周囲で合否を気にする人間は皆無だった。賢一が気にしてくれているのは分かっていたけれど、ここまでとは思っていなかった。

「心配してたのに」

「悪かったって。俺が大学院に進むって決めた時点で、もう院生と同じような扱いになってて…。教授も受かってるからっていう、軽い感じで教えてくれたんだ。だから…つい、おじさんに言うのも忘れてて…」

「…受かったのは嬉しいけど…なんか複雑だよ」

もっと派手に喜びたかったのに…と愚痴った後、賢一は大きく息を吐いた。よかったねと、改めて喜んでくれる賢一に、朔実も笑みを浮かべて頷く。

「また迷惑かけるけど…」

「何言ってんだよ。朔実くんは気にしなくて…そうだ。それより、合格祝いしなきゃ」

ご飯を食べに行こうと提案する賢一に朔実は頷いた。何かきっかけがない限り、二人で外食することはない。合格祝いは絶好の機会で、朔実も喜んで賛成した。

その晩、早めに帰宅した朔実と賢一は、以前、大学の合格を祝ったビストロを訪れた。偶々入った店だったが美味しかったし、四年経っても二人の選択肢が増えていなかったせいもある。潰れてたらどうする？　という朔実のシニカルな意見に反し、以前と変わらずに店内は盛況だった。

「もうお酒が飲める歳にはなったのにね」

「俺はジュースでいい。おじさんはワインを飲めばいいよ」

賢一が残念そうな顔をしても、アルコールを飲もうという気にはなれず、朔実はジンジャーエールで賢一と乾杯する。以前、飲み過ぎて足下がふらついたのを覚えていた賢一は、ワインは一杯だけにすると宣言して、食事を楽しんだ。

家での食事は決まったメニュウの繰り返しになりがちだから、外食の新鮮さを楽しみながら二人ともお腹いっぱいになるまで食べた。デザートにピスタチオのジェラートを食べている時、賢一がぽつりと呟いた。

「今度は何のお祝いかな」

「……。おじさんの誕生日は？」

大学、大学院と来て、次に祝うのは就職だろうと思ったものの、敢えて口にはしたくなくて、朔実は別の案を口にする。賢一の誕生日は十二月で、いつもはケーキを買って家で祝っているが、外食でもいいんじゃないかと言う朔実に、賢一はそうだねと同意した。

「朔実くんの誕生日もあるから…年に二度は来られる？」

「十二月と四月にね」

季節も違うし、いいかも…と笑う賢一に頷いて、朔実はコーヒーを飲んだ。それから会計を済ませて店を出た。九月半ばになってもまだまだ暑い日が続いていて、夜でも熱気が残っている。涼しくなりそうな気配はちっともないね…と話しながら家に向かって歩き始めてすぐのことだ。

「大森くん」

聞き慣れた声に呼ばれ、朔実はどきりとして足を止めた。振り返らなくても、誰が自分を呼んだのかは分かっていて、動きが鈍くなる。そんな朔実に代わって後ろを見た賢一は、さっき出て来たばかりの店の前に立っている男が朔実を呼んだのだと気付いた。

「朔実くん」

知り合いなんじゃない？　小声で教えてくれる賢一に朔実は頷き、覚悟を決めて振り返る。小田桐の姿を見つけ、やっぱりという思いで息を呑んだ。自分をじっと見ている小田桐が何を考えているのか、様々な想像をしながら小さく会釈する。

同じような会釈を返して、小田桐が店に入ってくれるのを朔実は望んだが、思い通りにはならなかった。小田桐は賢一を窺うように見ながら二人に近づく。目の前で立ち止まり、にこやかに見える表情で、朔実に「驚いたよ」と言った。

「こんなところで会うなんて…。近くに住んでるのかい？」

「…はい。先生こそ…どうしてここに？」

「あの店が美味《うま》いらしくて、知り合いに誘われたんだ」

小田桐が入ろうとしていたのは、朔実と賢一が出て来たばかりの店だった。評判になるような店だったとは知らなかったが、何を食べても美味しいのは確かだ。本当に美味しいですよ…と相槌の一つでも打てばよかったものの、小田桐が賢一に興味を持ったと感じていた朔実は、早くその場を立ち去りたかった。

「そうなんですか。…じゃ」

「大森くん」

「……」

「どちら様？」

しかし、短く話を切り上げようとした朔実を、小田桐は許さなかった。笑みを浮かべ、賢一を指して朔実に尋ねる。内心で大きく溜め息を吐いてから、「叔父です」と答えた。

「叔父…？」

事実を口にした朔実を、小田桐は信用出来なかったようだった。訝しげに繰り返し、賢一を見る。小田桐に疑われていると気付いていない賢一は、緊張した様子で頭を下げた。

「朔実がお世話になっています」

朔実が小田桐を「先生」と呼ぶのを聞いていた賢一は、研究室の関係者だと誤解しているようだった。腰の低い態度で接する賢一を、小田桐は興味深げに観察しながら、自己紹介と共に自分の立場を説明した。

「小田桐です。大森くんの大学で准教授をしていますが…残念ながら、僕は彼とは別の研究室にいますので、お世話してるわけじゃないんです。同じ学部の知り合いというだけで」

「そうなんですか。すみません。俺は学がなくて…よく分からないものですから」

「叔父様も近くに住んでらっしゃるんですか？」

小田桐に尋ねられた賢一は、躊躇いを浮かべて朔実を見た。正直に答えれば朔実の家族関係についても話さなくてはいけなくなる。本人の了承なしに話してしまうのを控えた賢一に頷き、朔実は自分から

小田桐に告げた。

「一緒に住んでるんです」

「…叔父様と？」

「母が亡くなって…他に身寄りがなかった俺を、おじさんが引き取ってくれたので」

本当は賢一の方が朔実の家にやって来たのだが、そこまで詳しい話をするつもりはなかった。短い説明を聞いた小田桐は微かに目を見開き、驚いた顔になった。朔実は家族の話を一切したことはなく、両親が健在だと思い込んでいる小田桐に否定はしなかった。

朔実の「保護者」が賢一であるのを知った小田桐は、更に興味を覚えたようで、いつから一緒に暮らしているのかと賢一に聞く。

「十年…以上前です。朔実くんが中学に上がる頃からなので」

「それは…大変でしたね。…え…でも、叔父様は成人してらしたんですか？」

「もちろん。若く見られるんですが…もう三十六なので」

賢一が苦笑して「三十六」と言うのを聞き、小田桐は一瞬動きを止めた。それからにっこり笑い、「僕もです」と賢一に告げる。

「同じ歳なんですね」

「そうなんですか？　先生も若く見えますね」

驚いた顔で返す賢一に小田桐は笑顔で相槌を打つ。にこやかに話しているようでも、小田桐の本心は違うと感じていた朔実は、店で人を待たせているんじゃないのかと忠告した。小田桐は「そうだった」とわざとらしさが感じられる返事をして、賢一に別れの挨拶をする。

「突然、すみませんでした。お会い出来て嬉しかったです」

「こちらこそ。あの店、とても美味しいので、楽しんで下さい」

「ええ。…失礼します」

朔実には声をかけず、小田桐は二人に背を向け、店の方へ歩いて行った。彼が店に入って行くと、賢一が小さな声で感想を呟く。

「センスがよくて…格好いい人だね。大学の先生って皆、あんな感じなの？」

「あの人は特別だよ」

そうなんだ…と感心したように頷き、賢一は歩き始める。朔実はもう一度、店の方を一瞥《いちべつ》してから、賢一の後に続いた。


思いがけない遭遇で、小田桐が賢一に疑いの目を向けているのを感じていた。だが、賢一が同居している叔父であるのは事実だ。なんら疚《やま》しいことはなく、何を問われても弁解の必要もないと考えていたが、その日以来、小田桐からの連絡はなくなった。

学内で顔を合わせても個人的に話しかけて来ることもなくなった小田桐に、朔実は戸惑いを抱いたものの、かえってよかったのかもしれないと思った。小田桐との関係に対する未練はなく、長引いて拗《こじ》れるよりもずっといい。

小田桐が何を考えて別離を決めたのか。その真意は分からないままだろうと思っていた朔実に、小田桐と話す機会が訪れたのは、夏が行き、秋も終わろうとしていた頃だった。


朝晩の冷え込みは厳しくなって来たが、昼間はまだ暖かく、屋外でも十分に過ごせる。風のない日は特にそうで、温かな日差しを味わいながらランチにしようと、朔実は買い求めたサンドウィッチとジュースを手に外のベンチに腰掛けた。

サンドウィッチの包装を剝《む》き、一つ目に齧りついた時、隣に誰かが座る気配がした。膝に開いた本を読んでいた朔実は周囲を見ておらず、小さく驚いて顔を上げる。知り合いかとは思ったが、相手が小田桐だったのは想定外だった。

「……」

小田桐は何も言わず、手にしていた紙コップのコーヒーに口をつけた。一口飲んでから小さく息を吐く小田桐の様子を窺いつつ、朔実は齧りかけのサンドウィッチを食べてしまう。それを流し込むようにジュースを飲むと、小田桐が前を向いたまま呟いた。

「…叔父さんは気付いてないいんだろう?」

「……」

何に、気付いていないのか。小田桐は具体的には言わなかったけれど、朔実は心臓を直《じか》に摑まれるような衝撃を味わった。小田桐が連絡して来なくなったのは、賢一に対してあらぬ嫉妬心めいた感情を抱いたからではないかと考えたりもしたが、何ヶ月も経った後に、それを本人の口から直接聞くとは思っていなかった。

小田桐はプライドの高い男だ。だから、第三者への嫉妬を認めるような話をするのは彼のプライドが許さないはずで、だからこそ、触れて来ることもないと油断していた。朔実は微かに眉を顰め、小田桐が抱いている誤解を解くべきなのか迷いつつ、口を開く。

「何の話ですか?」

「君が特別な想いを抱いていることだよ」

「……」

　誰に対してなのかは確認せずとも分かる。叔父…賢一に、自分が「特別な想い」を抱いていると小田桐は考えているのだ。やはり、小田桐はあり得ない誤解をしている。興味深げに賢一を見ていた小田桐を思い出しながら、朔実は彼の考えを否定した。

「何を言ってるんですか。相手は叔父ですよ」

「本当に叔父と甥なのか、怪しいものだと思ったが、彼の方は君と違って嘘を吐くような人間には見えなかった。だから、君の一方的な片思いだと理解したが、違うのか？」

「……」

　違います…と即座に否定する言葉は出て来ず、朔実は嫌悪感を顔に浮かべて小田桐を見つめた。自分にとって賢一がどういう存在であるのか、小田桐に説明する義理もない。小田桐の言う「特別な想い」は恋愛関係におけるそれを表しているのだろう。だとしたら、自分が賢一に抱く想いとは比べものにならない。

　小田桐には理解出来ないに違いないし、分かって貰おうとも思わない。朔実は小さく息を吐くと、「失礼します」と言って立ち上がろうとした。そんな朔実に、小田桐は鋭い言葉を投げかける。

「もしかして、君は自分で気付いていないのか？」

　何に気付いていないというのか、小田桐が問いかける意味が分からず、朔実は険相で彼を見る。小田桐は朔実を見てシニカルな笑みを浮かべ、自虐的な台詞を吐いた。

「僕は彼と同じ歳で、背格好も似ている。君がセックスの時、僕の顔を見たがらなかったのは、彼の代わりだと考えていたからなんだろう」

　自分はちょうどいい身代わりだったと続ける小田

桐に、朔実は何も言えなかった。あり得ないという気持ちが湧き上がっていても、小田桐の指摘は否定しきれないものだと、理性が告げていた。小田桐の歳を聞いた時、賢一と同じだという考えを浮かべなかったというのは嘘だ。

裸の背中を賢一と比べなかったか？　一緒に暮らしていて何度か目にした、賢一の裸を、想像しなかったとは…言えない。自分が抱いている小田桐が、……だったなら…。

「……」

強張った顔で沈黙する朔実を、小田桐はじっと見つめていたが、しばらくして視線を外した。前を向いてコーヒーを飲み、小さく呟く。

「…君が気付いていなかったのだとしたら、尚《なお》のこと残酷だ。君はどれだけ僕を傷つけたか、分かっているのか？」

「……」

「うんと歳が上で、経験値も違う大人だから傷つかない…なんていうことはあり得ない。覚えておくといい」

小田桐の声は静かなものだったけれど、禍々《まがまが》しい感情が隠れているのを朔実は強く感じていた。自分に向けられる激しい非難を無防備に受け止め、朔実は呆然としているしかなかった。小田桐はコーヒーの紙コップを手に立ち上がり、最後に「すまなかった」と詫びる。

「最初に君とかわした約束からすると、こんな話をするのはルール違反だとは思ったんだが…一人でいる君を見かけたら、自分を抑えきれなくなった。それだけ、僕のショックが大きかったと思って、許してくれ」

離れて行く小田桐の後ろ姿を朔実は見ていられな

かった。震えている指先を唇につけ、何かに祈りたいような気分で目を閉じる。分かっていたはずだ。ただ、気付かないようにしていただけだ。

　自分には幾つもの表と裏がある。自分をあるべき姿に保つ為に必要な表の顔の裏側には、いつも同じ思いがある。賢一と離れたくない。

　一人になりたくないだけなら、賢一以外の人と一緒に暮らせばいい。自分にはもうそういう選択が出来る。子供の頃のトラウマなんて、もう言い訳には使えないと分かっている。

　今でも賢一と離れたくないと、そう願う自分の気持ちは…。

4

　今日は何時頃、帰って来る？　行って来ますと告げた朔実に、賢一は仕事の手を止めてそう聞いた。朔実は七時頃までには帰宅するのが常で、特に用がある時は遅くなると伝える。賢一の方から帰宅時間を尋ねるのは珍しいのだが、どうして聞かれたのかに朔実は心当たりがあって、小さく笑みを浮かべた。

「早めに帰って来るよ」

「別に早くなくてもいいんだけど」

「ケーキ、買って来ようか？」

　何を考えているのかお見通しだとでも言いたげに、笑って言う朔実に、賢一は困った顔になる。その日は朔実の誕生日で、賢一がごちそうを用意しようと考えているのを分かっていた。

「俺が買いに行くからいいよ。何か食べたいもの、ある？」

「何でも」

「何でもっていうのが一番困るんだよな」

献立に頭を悩ませる賢一に、朔実は「楽しみにしてる」とだけ言い、玄関へ向かう。四月半ばにある自分の誕生日を、朔実は幼い頃から中途半端だと思ってきた。桜の花も散ってしまい、新しい生活が始まって間もなくの頃だから、何となく慌ただしい雰囲気が残っている。そんな時に誕生日というのは、何だか間が抜けていて、祝うような気持ちになれないのだ。

けれど、賢一は毎年、ちゃんと誕生日祝いをしてくれる。ささやかな手作りのごちそうとケーキという習慣も、もう十四回目になるのだと思うと、感慨深い思いがした。賢一に出会う前…十二歳の時に亡くなった母よりも、賢一の方が多く誕生日を祝ってくれているという事実は、月日の流れを確実に感じさせる。

「…早いもんだ」

大学の構内を足早に歩きながら呟きを漏らす。四月は新入生を迎える時期だが、朔実が通う研究棟は学部生は立ち入らない場所なので、大きな変化はない。院生として外部から入って来た新参者が多少増える程度だ。

修士課程を終えた朔実は博士課程に進み、博士号を取得する為の論文作成に日々を費やしていた。国際学会へ出席する予定もあり、論文に必要な研究のスケジュールも過密になってきている。通い慣れた研究室のドアを開け、おはようございます…と挨拶しながら入ろうとすると、出て来るところだった准教授の若林と出会《でくわ》す。

若林は朔実の顔を見ると、笑みを浮かべて足を止めた。

「お、大森。ちょうどよかった」

「おはようございます。何かありましたか？」

ちょっといいか…と言い、若林は外へつき合うよう示す。朔実は頷き、荷物だけ研究室に置いてから、若林の後に従った。若林は廊下に置かれている自販機でカップ入りのコーヒーを買って、朔実にもいるかと聞いた。

「俺はいいです」

「そうか。…いやな、中田先生からお前に話してくれって言われて…」

自販機の蓋を開け、出来上がったカップを取り出した若林は、窓際にあるベンチに座ろうと促す。朔実は若林を窺うように見ながら、何の話だろうと想像していた。七月にある学会についての相談かと思ったのだが、若林が切り出したのは全く別の話だった。

「ハンブルク大学のアドラー教授、知ってるよな？」

「もちろんです」

ベンチに腰掛け、コーヒーを啜りながら若林が口にした名前は、朔実もよく知る人物のものだった。朔実が研究している流体力学の分野の権威であるアドラー教授は世界的にも有名だ。どうして今更確認して来るのか、訝しく思う朔実に、若林は朗報を伝える。

「この前、中田先生が出席したカナダの学会にアドラー教授も来てて、お前のことを話したらしいんだ。そしたら、うちに来たらどうかって言ってくれたんだと」

「え…」

「お前がやってる実験はアドラー教授の研究室の方

が結果が出せそうじゃないか。中田先生もその方がいい論文が書けるんじゃないかって言ってるんだが」

どうだ？　と聞かれた朔実は、すぐに返事が出来なかった。若林の言う通り、朔実が現在行っている実験は、中田教授の専門分野から少しずれており、的確な指導が見込めない為、試行錯誤的な部分があった。しかし、アドラー教授はそれもカバーしてくれる存在だ。

だから、朔実にとっては願ってもない話だったのだが。

「…でも…留学となると…費用が…」

「学費や渡航費用に関してはアドラー教授側で用意してくれるという話だ。問題は生活費だけだが…、アドラー教授の指導が受けられるんだから、何とか出来ないか。これ以上のチャンスはないぞ」

「……」

若林が強く勧めてくれる理由を、朔実もよく理解していた。将来を見据えた上で、世界的に名を馳《は》せるアドラー教授に師事出来ることはプラスになるに違いない。海外に出れば人脈も増える。研究者として歩んでいく道も開けるかもしれない。

全て分かっていても、朔実はすぐに決断を下せずに、考えさせて欲しいと若林に告げた。若林も即答は求めておらず、協力出来ることがあるなら相談に乗るからと言った。その後、実験のスケジュールや学会の準備などについて打ち合わせたのだが、留学のことが気に掛かり、なかなか頭に入って来ずに苦労した。

ドイツへの留学は朔実にとって非常に魅惑的なチャンスではあったが、考えれば考えるほど、自分にとっては無理な話である気がした。そもそも大学院の博士課程に進んだのも我が儘が過ぎている自覚があるのに、この上留学までしたいとは、とても賢一に言い出せない。

それに留学となれば賢一と離れなくてはいけなくなる。朔実にとって一番のネックはそこで、諦めるしかないだろうと思った。キャリアよりも何よりも大切なのは賢一で、彼を失うことは考えられなかった。

自分の将来を考えてくれる中田や若林に申し訳なく思いつつも、何とか穏便に断る方法を考えながら、一日を過ごした。その日は誕生日であり、賢一がごちそうを用意して待ってくれているので、朔実は早めに用事を切り上げて帰り支度をした。

お先に失礼しますと挨拶し、研究室を出て歩き始めたところで、「大森」と背後から声をかけられた。

振り返れば、同じ研究室の根本が修士課程の院生と歩いて来るのが見える。朔実は手を挙げて挨拶し、重そうな荷物を運んでいる二人に手伝おうかと申し出た。

「大丈夫。あと少しだし……小川《おがわ》、遠藤《えんどう》が中にいるはずだから、呼んで手伝って貰ってくれ」

「了解です」

一緒に運んで来た後輩の小川に後を任せ、根本は朔実に「帰るのか？」と聞く。朔実は用事があると伝え、用があるなら明日にして欲しいと頼んだ。

「いや、特に用があるわけじゃないんだが…」

根本が言い淀《よど》むのを見て、朔実はアドラー教授の件が彼の耳にも入ったのだと気付いた。歩きながらでもいいかと聞く朔実に、根本は頷き、並んで廊下を歩き始める。どうするんだ？　と根本に聞かれた朔実は、やっぱりと思いつつ軽く肩を竦めた。

「ちょっと考えさせてくれって若林先生に頼んである」

「考えなきゃいけないような話じゃないだろう。即答しろよ」

学部時代からのつき合いである根本は、朔実が大学院に進学するのも、迷っていたのを知っている。留学についても同じように迷うのだろうと考え、声をかけたようだった。朔実は根本の友情を有り難く思いながらも、家庭の事情があるからと答えた。

「俺の一存じゃ決められないんだ。お金もかかるし」

「そうそう巡って来ないチャンスだぞ。何とか都合して貰えないのか」

「相談してみる」

根本にそう答えながらも、朔実の気持ちは断る方向に傾いていた。賢一を日本に置いて行くことは出来ない。心の中でそう考える朔実に、根本は別の研究室の知人の例を挙げて、金銭的な問題であればどうにかクリア出来るはずだと諭した。

「熊坂《くまさか》さんなんか、奥さんと子供連れてアメリカ行ったんだから。お前一人の口くらい、どうにでもなるだろう」

「…熊坂さんって…恩田《おんだ》研究室の…？」

「そう。あの人、前期の時に出来ちゃった結婚してたんだって。俺も最近知って、びっくりしたよ。妻子連れで留学って、まま聞く話ではあるけどさ」

確かに根本の言う通り、留学先に家族を同伴することはある。博士号の取得を目指している人間は独身の若者ばかりでなく、妻子のいる人間も多々いる。朔実の大学に来ている留学生でも、妻と一緒に来日しているという人間は多い。

それは知っていたが、すっかり頭から抜け落ちていた。賢一と離れることなど出来ないから、留学なんて無理だと頭から諦めようとしていたけれど、賢一をドイツに連れて行けば…。問題が解決出来るような気がして、朔実は大きく息を吐いた。

「どうした？」

「…いや。…ありがとう」

　根本のお陰で道が開けたように思え、朔実は礼を言った。根本はよく分かっていない顔をしていたが、とにかく、話を受けるよう朔実に重ねて勧めた後、再び研究室へ戻って行った。朔実は一人で大学をあとにし、賢一とドイツで暮らすことについて具体的に考えながら、家路についた。

　幸い、賢一は勤め人ではなく、道具さえあれば何処でも出来る仕事をしている。オーダーは日本から辰巳に送って貰い、出来上がった商品を日本に郵送すれば…。ドイツでも変わらず仕事が出来るに違いない。

　大学の近くに部屋を借りて、二人で暮らそう。アドラー教授の下で実験を進め、論文を書き上げるまでのことだ。しばらく海外で生活するというのもいいものだと、賢一に話をしてみようと決め、朔実はマンションの階段を上がった。

　賢一を連れてドイツに行くというグッドアイディアを思いついたせいで、朔実は家に着く頃にはすっかり誕生日であるのを忘れていた。玄関のドアを開けてミシンの音が聞こえないのを不思議に思いつつ、居間を覗いて「ただいま」と声をかけると、賢一は台所に立っていた。

「あ、お帰り。早くない？」

「そうかな。手伝おうか？」

「いいよ。朔実くんは主役なんだから」

　賢一が主役と言うのを聞き、朔実は自分の誕生日だったと思い出す。だから、早めに研究室を出て来たのに、根本と会って思いついたアイディアのせいですっかり忘れていた。テーブルの上を見ればいつもお祝い用に使っている上等なグラスや、賢一のお気に入りの皿が並んでいる。

「ごちそうは何？」

「コロッケにした。コロッケがごちそうかどうかは分からないいんだけど」

「大丈夫。すごいごちそう」

自信なさげに肩を竦める賢一に太鼓判を押し、朔実は一旦荷物を自室へ置きに行くと、台所で支度を手伝った。コロッケを揚げている賢一の横で付け合わせのキャベツを大皿に盛り、ジャガイモのポタージュの味見をする。芋づくしだね…と呟く朔実に、賢一は好物を揃えたのだと説明した。

「朔実くん、じゃがいも好きじゃないか。だから、ポテトコロッケと、ジャガイモのポタージュと…ポテトサラダも冷蔵庫にある」

賢一の話を聞いた朔実は、冷蔵庫から取り出したポテトサラダを皿に盛り、スープを器によそった。賢一は美味しそうな黄金色に揚がったコロッケをキャベツの横に並べて、テーブルに置く。用意を整えると、冷蔵庫からビールを出して、コロッケにはこれだと嬉しそうに言った。

「じゃ、朔実くんの二十六回目の誕生日を祝って」

「何だか、めでたくない感じになって来たけどね」

「何言ってんだよ。俺なんかもう四十だよ？」

十二月の誕生日が来たら、四十代に突入してしまうと嘆く賢一を笑って、朔実はそんな歳にはとても見えないから平気だと慰めた。賢一は最近、少しだけ目尻に皺が見えるようになったけれど、出会った時からほとんど変わっていない。未だに朔実と一緒に歩いていると、同年代に間違われるほどだ。

「その内、俺の方が年上に見られる日が来るよ」

「それはないよ」

絶対あり得ない…と言い、賢一は朔実を見た。向かい側に座っている朔実を見つめたまま、動きを止めた賢一を不思議に思い、朔実は微かに首を傾げる。その仕草にも賢一は反応を見せず、朔実は少しして「おじさん?」と声をかけた。

賢一はその声に反応し、はっと我に返ったようだった。ごめん…と小さな声で呟き、グラスのビールを飲む。

「どうかした?」

「…何でもない」

何でもないようには見えなかったが、賢一の表情は暗いものではなく、朔実はそれ以上聞かなかった。口元に浮かんだ小さな笑みは、何処か嬉しそうにも見える。自分の顔を見て嬉しく感じる理由が分からなかったが、思い出し笑いなのかもしれないと思った。

賢一が作ったポテトコロッケはさくさくで、千切りのキャベツとよくあった。炒《いた》めたベーコンが入ったポテトサラダは、独特の香ばしさが加わって、濃厚な味になっている。

「…美味しい。おじさんが作ってくれる普通の料理が一番美味しい」

「ワンパターンなものしか作れないけどね」

ごちそうと言えば、コロッケに唐揚げにハンバーグが定番で、二番手にはカレーやナポリタンスパゲティ、オムライスなんかが入る。賢一の言う通り、レパートリーは少ないけれど、丁寧に作られる家庭料理は朔実にとってどれも大切な味だ。

祝ってくれる賢一の気持ちと一緒に隅々まで味わい、用意されたごちそうを食べ終えた。食器を片付けると、賢一は冷蔵庫に仕舞ってあったケーキをテーブルの上に用意した。ろうそくを立てる賢一に、朔実は二十歳を過ぎてから毎年のように口にしている台詞を向けた。

「いい加減、ろうそくは勘弁して欲しいんだけどな」

「何言ってんだよ。これがなきゃ、ケーキを食べる意味がないよ」

「おじさんの時はしないじゃないか」

「並べられないからだよ」

　自分はろうそくの本数が多過ぎると賢一は言うけれど、朔実の方も限界を迎えつつある。十代後半の時に、太いろうそくで一本を十歳分にしようと決め、本数を出来るだけ少なくしてきたものの、二十六になった今年は、それでも八本のろうそくを立てなくてはいけない。

　しかも、朔実は甘い食べ物が好きではないので、小さめのケーキだから、立てる場所に困るほどだ。賢一はろうそくを刺す場所に苦労しながら、ケーキ屋に数字を象《かたど》ったものが売っていたと話す。

「どういうの？」

「アラビア数字の2とか6とかの形なんだ」

「ふうん。それだと二本で済むわけか」

「でも、なんか雰囲気がよくないだろう」

　やっぱりこっちの方がいいと言い、賢一は立て終わったろうそくに火を点《つ》け、朔実に部屋の照明を消すように指示した。暗くなった部屋で全てのろうそくに火が点ると、賢一はハッピーバースデーの歌を歌い始める。

　ケーキを見つめて歌う賢一は本当に嬉しそうで、そういう賢一を見ているだけで朔実はしあわせな気分になれた。十二月、賢一の誕生日には朔実も同じようにケーキを買って来てお祝いをする。その時よりも自分の誕生日の方が嬉しそうに見えるのは錯覚じゃない。

自分のこと以上に、大切に思ってくれているから。そういう確信を抱いて、歌う賢一を見つめていた朔実は、火を消すように言われて、慌てて一気に息を吹きかけた。ろうそくの火が消えて真っ暗になると、賢一はぱちぱちと手を叩く。

「朔実くん、二十六歳、おめでとう」

十年前、十六歳の時も賢一は同じように祝ってくれた。十三歳の誕生日から毎年、自分の成長を喜んで来てくれた賢一に、来年も同じように祝って欲しい。そんな思いが込み上げて来て、朔実は「おじさん」と賢一に呼びかけた。

「さ、電気を点けて…コーヒー入れようか」

「おじさん」

二度呼ばれた賢一は、朔実の声が緊張しているのに気付いて動きを止める。照明を消してある部屋は真っ暗だったが、そこかしこで光っている家電製品の明かりなどで、何も見えないほどの暗さではない。

向かい側に座る朔実が真剣な表情をしているのが賢一にも分かる。賢一は朔実が何を言おうとしているのか、見当がついていない顔つきで朔実を見た。朔実は深く息を吸い、また迷惑をかけてしまうのを心苦しく思いながら、賢一に留学についての話を打ち明けた。

「ドイツに…留学しないかって言われたんだ」

「……」

真っ暗な中でも分かるほど、賢一は驚いた顔になり、息を呑んだ。少し間を置いてから、「ドイツって」と繰り返す。

「ええと…あの…外国の…?」

「ヨーロッパだね」

「留学って…」

朔実自身にとっても予想していなかった話だ。賢一が戸惑うのも無理はないと思いながら、朔実は立ち上がって部屋の照明を点す。明るくなると、賢一が呆然とした表情でいるのがよく分かり、朔実は小さく息を吐いてから詳細について話した。

「ドイツのハンブルク大学っていうところに…アドラー教授っていう、有名な研究者がいるんだけど、その人にうちの先生が俺を紹介してくれたみたいで…。向こうで研究しないかって誘いがあったんだ」

「ドイツで…？」

「うん。アドラー教授は世界でも指折りの研究者で…俺が進めてる研究の内容的にもアドラー教授のところなら最高の設備が整ってるし…理想的ではある」

「すごい…話だよね…？」

朔実の説明を聞きながら、賢一は目を輝かせていった。ただ、声を上げて喜んでいいのかの判断はつきかねたようで、確認を取るように聞いて朔実を見る。朔実は微かに苦笑を浮かべ、「たぶん」と答えた。

「アドラー教授の下で学びたいって人間は世界中にいると思う」

「そうなんだ。ごめん、俺…朔実くんが何を勉強してるかもよく分かってないから…。でも、朔実くんがすごいってことは分かってるつもりだよ？　そんな…外国から誘いが来るなんて…やっぱり、朔実くんはすごいよ」

感心した顔つきで重ねて言い、賢一は深々と溜め息を吐き出す。それから、嬉しそうににっこりと笑い、よかったねと朔実に言った。賢一が喜んでくれているのが分かり、朔実もほっとした気分で頷く。

大学に合格したというような分かりやすい報告で

はなかったから、賢一はすぐには大喜び出来なかったものの、じわじわと湧き上がって来る喜びを嚙《か》みしめているようだった。にこにこと笑い、外国に留学かあ…と感嘆したような独り言を呟いていたが、突如、はっとしたように小さく飛び上がる。

「そうだ…！　…下世話な話で申し訳ないんだけど……お金はどれくらいかかるのかな？　ごめんね。俺も用意とか、あるから…」

「学費や渡航費用に関しては出して貰えそうだけど、向こうでの生活費は自分で何とかしなきゃいけないんだ。出来るだけ自分で賄えたらと思ってはいるけど、おじさんにまた迷惑を…」

「朔実くんは気にしなくていいから。お金は俺が何とかするから大丈夫だよ。ドイツかあ。ユーロ…だよね？」

物価は高いのかな…と考える賢一は、反対するつもりなど全くない様子だった。朔実自身、賢一は絶対に賛成してくれて、惜しまずに協力してくれると分かっていた。大学院に長く在籍することになっても、賢一は負担どころか、誇りに思ってくれているのだと感じていた。

若林や根本に対し費用に関する問題があって即答は出来ないと話したのは、留学すれば賢一と離れなくてはいけないという不安を抱いたからだ。賢一と離れることだけは考えられなくて、諦めようと一度は思ったのだが…。

賢一はどう思っているのだろう。ふいに浮かんだ不安を胸に、向かい側に座っている賢一を見れば、その顔には嬉しそうな表情しかなく、自分と離れるのを寂しく思っている様子はなかった。まだ、喜びの方が先に立っているのかもしれない。けれど、その時点で賢一と自分には温度差があるのが分かる。

留学と聞いて、自分は真っ先に賢一と離れるのは無理だという考えが浮かんだ。一生を左右するチャンスだと分かっていても、賢一と離れたくなかった。だから、根本との会話から思いがけないアイディアを得た時は嬉しかった。解決策を得られたつもりで、具体的な想像までしていたものの、いざ話そうとすると困惑が生まれる。

おじさんも一緒にドイツへ行こう。そんな言葉が出せずに迷う朔実に気付かず、賢一はコーヒーを入れると言って立ち上がった。朔実にケーキのろうそくを抜くように言い、水を入れた薬缶を火にかける。

「…それで、いつ向こうに行くの？」

「……。まだ…分からない。返事を聞かせて欲しいって言われてて…おじさんに相談してからって思ったから…」

「だったら、早く返事した方がいいよ。朔実くん、ドイツは初めてだよね。前に学会で行ったのはオーストラリアだったし」

色々用意もあるから大変だ…と話しながら、マグカップを出す賢一はいつも通りだった。自分と離れても平気なのかという問いかけは子供染みていると思い、胸の奥へ仕舞った。それより…自分の希望を伝えてみるべきだと考え、朔実は深く息を吸って、「おじさん」と呼びかけた。

「何？」

「…一緒にドイツへ行かない？」

コーヒーの粉が入った瓶を手に振り返った賢一は、朔実の言葉を聞いて微かに表情を硬くした。瓶を持ったまま、朔実にどういう意味なのか尋ねる。

「留学先に奥さんや子供を連れて行く人も多いんだ。外国で暮らせる機会なんて滅多にないと思うし、おじさんも一緒に…」

「無理だよ」

　ドイツで暮らそうと朔実が言う前に、賢一は首を横に振って誘いを断った。賢一が二つ返事で了承してくれるとは思っていなかったが、そんな風ににべもなく断られるとは、朔実は思っていなかった。考えさせて欲しいと言われるのを想像していたのに、頭から無理だと拒絶する賢一を、朔実は息を呑んで見る。

　そんな朔実を見て、賢一は自分の返事の仕方が適切でなかったのに気がついた。慌てたように「ごめん」と謝り、自分にはあり得ない話過ぎて、きつい言い方になってしまったのだと弁明する。

「だって…俺は外国なんて行ったこともないし…。それなのに…住むなんて…」

　無理だよ…と言って賢一は力無く頭を振る。戸惑いを強く浮かべた賢一に、朔実はどう言えばいいか、言葉を迷った。賢一が無理だと言うのは、外国に行ったことがないからという理由だけとは思えなかった。違和感を覚えながらも、すぐに引き下がることは出来ず、大げさに考えなくてもいいと助言する。

「俺も行ったことがないから…はっきりは言えないんだけど、ハンブルグは都会だし、生活に不便はないと思うんだ。それにおじさんの仕事は何処でも出来るだろう？　日本から辰巳さんに色々送って貰えばいいんだし…。外国だからって身構えることなんか、ないと思うよ。それに向こうに定住しようってわけじゃない。…旅行気分で行ったら…」

「……」

　帰りがけに考えていた賢一とのドイツでの暮らしを想像しながら、朔実は懸命に説得を試みた。今の生活と変わらない。場所がドイツになるだけだ。単純なことで重く考える必要などないのだと説明するけれど、賢一の表情がどんどん曇っていくのが分かって、言葉が続けられなくなる。沈黙が訪れるのと同時に、薬缶が蓋をカタカタ鳴らし始めた。

賢一は朔実に背を向け、ガスの火を止めた。並べてあるマグカップにドリッパーを乗せ、ペーパーフィルターを敷く。瓶の蓋を開けてコーヒーの粉を入れる賢一の背中を、朔実は呆然とした思いで見つめていた。

ここまで賢一に拒絶されるのは初めてで、どうしたらいいか分からなかった。考えてみるよとさえ言ってくれない賢一は、心から無理だと思っているのが分かる。一緒に暮らし始めてから、賢一は朔実の願いを全て叶えてくれた。朔実が多くを望まなかったせいもあって、叶えられなかった願いはない。

朔実がこれまで一番無謀だろうと考えた願いは、大学院への進学だった。それも賢一は手放しで喜んで賛成してくれた。博士課程への進学も。留学だって…さっきまですごく喜んでくれていたのに。

コーヒーを入れている背中に先ほどまでの喜びは見えない。一緒に行こうと言ったのがそんなにいけなかったのかと後悔を抱くほど、賢一は苦しそうに感じられる。賢一が外国を縁遠く思っているのは理解出来る。でも…ここまで頑《かたく》なにならなくてもと思うほどの強い拒絶が、賢一からは感じられた。

コーヒーを入れ終わったドリッパーをシンクへ置き、賢一はマグカップを手に振り返る。少しの間に賢一は動揺を収めており、いつもと変わらない顔つきで、朔実の前にコーヒーを置いた。

「…朔実くんが気遣ってくれるのは嬉しいけど…俺には外国とか、無理なんだ。俺のことは気にしなくてもいいから、朔実くんは自分のことだけを考えればいいんだよ」

「……」

「ドイツ語も勉強しなきゃいけないんだろ？」

大変だよ？　賢一は笑みを浮かべてそう言い、ケーキを切り分けると言って、皿とナイフを用意した。朔実くんは少しでいいよね？　甘いものが得意ではない自分を気遣って聞いてくれる賢一に、朔実はようよう頷いて答える。

深い溜め息を賢一に気付かれないよう密かに逃がし、ケーキを切り分ける彼を見つめていた。どうすれば賢一の考えを変えられるだろう。おじさんに一緒に行って欲しいんだ。一人じゃ心細いんだ。おじさんと離れたくないんだ。

そんな本音を口にすれば賢一の考えを変えられるだろうかと想像はしてみたものの、口に出して言うことは出来なかった。それでも駄目だった時の絶望感が頭を過《よぎ》り、別の選択肢を選ぶ方がいいと結論づける。

賢一が差し出してくれた皿を受け取り、甘いケーキを食べながら、朔実は留学の話を断ろうと決めていた。


若林から留学の話をされた時、嬉しく思うのと同時に、自分には無理だとも思った。穏便に断る方法も考えて始めていたのに、根本と話をして、賢一も一緒に行けば問題が解決出来ると安易に思ってしまったのがいけなかった。短絡的過ぎたと自分を反省しつつ、若林や中田への説明を用意し、出かけようとした翌日、朔実は賢一に呼び止められた。

「おじさん、行って来ます」

「…朔実くん」

既に和室で仕事を始めていた賢一に挨拶したとこ

ろ、彼は手を止めて立ち上がった。和室を出て来た賢一は真面目な顔で朔実を見て、どきりとするような忠告をする。

「朔実くん。留学の話を断ったりしちゃいけないよ」

「……」

賢一には何も言っていないのに、本心を見透かされているように感じ、朔実は表情を強張らせた。その顔を見て、賢一は苦笑を浮かべて小さく息を吐く。

「朔実くんは一人で何でも出来るんだから…俺がいなくても大丈夫なんだよ」

「……」

言い聞かせるような賢一の言葉が辛く思え、朔実は無言で顔を背けた。賢一は背中に言葉をかけて来ることはなく、朔実はそのまま家をあとにする。留学の話を断ろうとしているのを賢一に見抜かれていたことよりも、「俺がいなくても大丈夫」と言ったことの方がショックだった。

逆説的に言えば、賢一は自分がいなくても大丈夫なのだ。そんなことは最初から分かっている。出会った時から賢一は一人で生きていける、大人だった。十二歳で唯一の身内だった母を亡くして途方に暮れていた自分は、賢一がいなかったら、今のように大学院まで進めていたかどうか分からない。

あの時の賢一は…と考えたところで、今の自分とちょうど同じ歳だったのだと改めて気付き、呆然としたような気持ちになった。二十六歳の賢一は十二歳の子供の保護者として暮らしていく決心をした。自分に同じことが出来るだろうかと考えると、首を横に振らざるを得ない。

未だ、賢一と離れられないと考えている自分は、あの頃とちっとも変わっていない。背が伸び、年齢を重ね、知識を得ても尚、十四年前の賢一に追いつけない。自分を情けなく思いながら、賢一はこんな自分をどう思っているのだろうと不安になった。

賢一が一緒に行けないと頭から決めつけているのは、もしかすると、よい機会だと考えているからなのだろうか。自分たちの間にある、思いの差みたいなものに気付いていて、それで機会を探っていたのだろうか。朔実自身、少しずつ…零れ落ちる砂時計の砂のように、積み重なっていく気持ちの相違が、いつか全てを壊すのではないかと恐れていた。

だから、本当は賢一と離れるべきなのかもしれない。永遠に失ってしまう前に、距離を置くべきなのかもしれない。家を出た後、延々と考えてそんな結論を得た朔実は、顔を合わせたらすぐに断ろうと決めた留学の件について、若林や中田に切り出せなかった。

深い迷いを抱いたまま半日以上を過ごし、午後三時を回った頃だ。中田が実施する学部生用の演習の準備を、研究室のスタッフと共にセッティングしている途中で携帯が鳴った。表示されているのは見知らぬ番号で、朔実は不審に思いながら電話に出る。

「…はい？」

『大森さんの携帯ですか？』

そう聞いて来たのは若い女性の声で、きびきびとした印象があった。声に聞き覚えはないが、自分の携帯だと知ってかけているのが分かり、「はい」と答える。

『東京中央医療センターの救命救急の瀬尾《せお》と言います。こちらに大森賢一さんが運ばれておりまして…甥御さんで間違いないですか？』

「……」

事務的な物言いは冷たくも感じられたが、かえって事実をはっきり分からせてくれた。賢一が病院に？　咄嗟《とっさ》に頭の中が厭な予感で覆われ、朔実は眉を顰めて「はい」と低い声で応じた。

「大森賢一は…俺の叔父です。叔父に何かあったんですか？」

『歩道橋から転落されて怪我《けが》を負われ、救急車でこちらに搬送されたんです。現在、処置中ですが、ご家族についてお聞きしましたところ、こちらの携帯に電話するよう、言われましたので…』

「歩道橋からって…何があったんですか？　怪我って…ひどいんですか？」

病院というからには何かあったに違いないとは思ったが、歩道橋から転落というのは考えもしなかった内容だった。動揺して問いかける朔実に、電話をして来た担当者は落ち着いた声で命に別状はないと伝える。

『処置中ですので詳しくはお話出来ませんが、命に関わる怪我ではありません。ただ、色々と手続きなどもありますので、もし出来ましたら、こちらに来て頂けると…』

「すぐに行きます。…東京中央医療センターですね？」

先ほど聞いた病院名を繰り返して確認する朔実に、相手は「助かります」と返し、救命救急の部署を訪ねて来てくれるよう頼む。朔実は分かりましたと返事をし、通話を切ると、一緒に準備をしていた根本に声をかけた。

「根本。悪いが、後を頼めるか？」

「分かった。どうしたんだよ？　交通事故か？」

「分からない。命に関わるような怪我ではないようだが…行って来る」

根本は朔実の様子や会話から深刻な状況であるのを察しており、心配げな表情で「気をつけてな」と言った。朔実は足早に校舎を出て、敷地内を駆けて道路に出ると、走って来るタクシーに向かって手を挙げた。停まった車に乗り込み、「東京中央医療センターまで」と行き先を告げてから深い溜め息を吐く。

今朝、賢一の忠告を無視するような形で出て来てしまったのが悔やまれた。喧嘩《けんか》をしたわけではないが、今までなかったほどに気まずい空気が流れていた。そういう時に限って、こんなことが起きるなんて、皮肉としか言いようがない。

賢一は健康で、風邪もひかないので、朔実が知る限り病院に行ったこともない。そのせいもあって、健康管理には無頓着で、検診の類いを受けた経験もないはずだった。もしかして…大病を患っていて、そのせいで歩道橋から転落したのではないか。病院の担当者から命に別状はないと聞きながらも、悪い想像をやめられなかった。

というのも、朔実には母を突然の病で亡くすという、苦い過去があったからだ。朔実が学校から帰って来ると、母は部屋の中で倒れており、既に意識がなかった。すぐに救急車を呼んだものの、手遅れで、病院で死亡が確認された。

病院が見えて来ると、その時の記憶が蘇り、自分でも顔が強張っているのが分かった。車寄せに停まったタクシーから降り、案内標識を頼りに救命救急の受付を探す。幸い、すぐに見つかったそこで大森賢一の名を告げ、何処で会えるのかと聞いた。

「そちらの廊下を突き当たりまで行って、左に折れた先に詰め所がありますので、そちらで聞いて下さい」

受付にいた初老の男性は警備会社の制服を着ており、容態などについてまでは分からない様子だった。朔実は礼を言って、彼の指示に従って足早に進み、詰め所に向かう。腰丈のカウンター越しに「すみません」と呼びかけると、近くにいた制服姿の若い女性看護師が近寄って来た。

「こちらに運ばれた…大森賢一の甥です。叔父はどこに…」

「少々お待ち下さい。確認します」

大森という名前を聞いた看護師は詰め所内の記録を確認して戻って来ると、朔実に「こちらです」と言い、歩き始める。朔実はその後に続き、廊下の右手にあった部屋に看護師と共に入った。

部屋の中はプライバシーを保つ為にか、ベッドごとにカーテンで仕切られていた。看護師は一番奥のベッドに向かい、カーテンを開けながら「大森さん」と呼びかける。

「甥御さんが見えられましたよ」

彼女の後ろから中を覗いた朔実は、ベッドに横たわっている賢一が、目を開けているのを見て、ほっとした気分で息を吐いた。大した怪我ではないと信じようとしたものの、本人を見るまで楽観出来なかった。朔実と目が合った賢一は、慌てて起き上がろうとして「いたた」と声を上げる。

「急に動かない方がいいですよ。しばらく痛むと思いますから」

「は…はい…」

「頭部ＣＴの検査結果が出ましたら医師から説明がありますので、しばらくこちらでお待ち頂けますか？」

「頭部ＣＴって…頭を検査したってことですか？」

「転がり落ちた時に頭を打ってね。意識を失ってしまったみたいなんだ」

賢一が自ら説明するのを聞いて驚く朔実に、看護師は何かあったらナースコールで呼んで欲しいと告げ、戻って行った。朔実は賢一と二人になると、何があったのかと眉を顰めて尋ねる。賢一は朔実に座るよう勧め、病院に運ばれる羽目に陥った経緯を話した。

「昼から買い物に出かけたんだ。駅の向こうの…いつも行くスーパーに行こうとして…あそこに行くには途中、歩道橋があるだろう。あれを上ってたら、前を歩いていたおじいさんがふらついて倒れそうになったんだよ」

「その巻き添えに？」

「巻き添えというか…助けようとしたら…俺の方がバランスを崩してしまって…ごろんごろんと…」

下まで転がり落ち、その際に頭を打って気を失ってしまった賢一は、気付いたら病院にいたと言う。気を失うほど頭を打ったというのが気になったが、自分がどうしてそうなったのかはしっかり把握出来ているようで、朔実は少しだけ安堵した。

「それで頭を検査したんだね。他に怪我は？」

「足首を捻挫してて…後は…身体中が痛いくらい？」

骨が折れているというような怪我はないと聞き、朔実は小さく息を吐く。助けようとした相手はどうなったのか尋ねると、賢一は神妙な表情で答える。

「救急車を呼んでくれたのはそのおじいさんみたいで…」

「助けが必要だったのはおじさんの方だね」

「ごめん、朔実くん…」

呆れ顔の朔実に、賢一は身を小さくして謝る。本当は知らせたくなかったのだけど、頭を打っているし、迎えがなければ帰せないと言われて、仕方なく朔実の携帯番号を伝えたのだと話す賢一に、朔実は益々《ますます》呆れたように肩を竦めた。

「知らせてくれなかったら逆に怒ってるよ。おじさんだってそうだろう？」

「うん…」

「おじさんらしい話だけど…びっくりしたよ」

心臓が潰れる思いだった…と真剣な表情で言い、溜め息を吐く朔実に、賢一は再度「ごめん」と謝る。その表情はものすごく悪いことをした子供のようで、朔実は苦笑するしかなかった。タクシーの中で反芻《はんすう》した後悔を思い出し、自分も謝らなきゃいけないと返す。

ごめんと同じように詫びる朔実を、賢一は不思議そうな顔つきで見た。

「朔実くんがどうして謝るんだ？」

「今朝…気まずい感じで家を出て来てしまったのを…、おじさんが救急車で運ばれたって聞いて、すごく後悔したんだ。お母さんみたいに二度と会えなかったら…どうしようって思って…」

「……」

「あんな出かけ方はよくないよね。二度としない」

悪かったと繰り返す朔実に、賢一が複雑そうな顔つきで呼びかけようとした時だ。「大森さん」と言う声が聞こえ、カーテンが開いてさっきとは違う看護師と医師が姿を見せた。医師に家族の方ですかと確認された朔実は頷き、検査結果が出たのかと尋ねる。

医師は持参して来たレントゲン写真を二人に見せ、頭部ＣＴの検査結果に問題はなかったと告げた。

「ぶつけた箇所はしばらく痛むかと思いますが、冷やすなどして対処して下さい。ただ、頭部をぶつけた場合、後々、影響が出て来る場合もあります。体調に変化があれば、すぐに受診して下さい」

「分かりました。他の怪我は…」

「右足首については骨折などは見られませんでした。

捻挫ですね。他については、現在のところ、処置を必要とする怪我はないと思います。足首が腫れてくるようなら冷やして様子を見て下さい。湿布薬と念のため、痛み止めを処方しておきますから」

手短に説明を終え、忙しそうな医師は「お大事に」とだけ言い残して先に去って行った。残った看護師から処方薬や会計についての説明を受け、朔実は世話になった礼を言う。

「色々とありがとうございました」

「いいえ。しばらくは安静にして、無理はしないようにして下さいね」

老人を庇《かば》おうとして階段から落ちたのを知っているのだろう。苦笑いを浮かべた看護師に声をかけられた賢一は、恐縮した様子で頭を下げた。帰る際に詰め所に立ち寄って書類を受け取って欲しいと言われた朔実は看護師に頭を下げ、出て行く彼女を見送る。二人になると、丸椅子に座り直して安堵の溜め息を深々と吐いた。

「取り敢えず、何もなくてよかった」

「気を失ってなかったら、救急車にも乗らなかったんだけど…。朔実くん、忙しいのにこんなところまで来させてごめん。俺は適当に帰るから、大学に戻ってくれていいよ」

「何言ってんだよ。家まで連れて帰るに決まってるじゃないか」

またどっかの階段から落ちられたら困る…と言う朔実は真剣で、賢一は何も言えずに神妙な表情で頷いた。実際、あちこちをぶつけている賢一はベッドから下りるのも簡単ではなく、顔を顰めながら「参ったな」と呟く。

「こういうのって、明日の方がもっと痛くなりそうだよね」

「だろうね」

朔実に呆れ顔で肩を竦められた賢一はしょんぼりとして、ベッドの下に置かれている靴を履こうとした。しかし、くじいた右足首は痛みがひどく、靴を履くことが出来なかった。湿布薬が貼られているせいもある。

「右側は履けそうにないから、持って行くよ。どうしようかな。車椅子を借りて来ようか？」

「まさか！　大丈夫。片足で行けると思う……朔実くん、肩を貸してくれる？」

片足跳びで行こうとした賢一は更なる悲劇が起こるのを予想したらしく、殊勝な態度で朔実に頼んだ。朔実は苦笑して賢一を支え、荷物を持って病室を出る。

看護師に詰め所に寄るように言われていたので、そこで声をかけて書類を貰った。対応してくれた看護師からも車椅子を勧められたが、賢一はうんと言わなかった。世話になった礼を言い、朔実の助けを借りて会計へ向かう。

幸い、会計と事務手続きを行う受付は救命救急から近い場所にあり、朔実は賢一をその前に置かれたベンチに座らせた。

「会計して来るからここで待ってて。そうだ…病院だから、保険証とかいるのかな？」

「この中に入ってる」

賢一は朔実に財布を差し出し、もしも足りなかったら、立て替えておいてくれるかと頼む。スーパーマーケットに買い物に行く途中、思わぬ事故で運び込まれてしまったものだから、持ちあわせが少ないというのも当然だ。朔実は頷き、預かった財布を手に会計へ向かった。

事務手続きと会計処理を済ませると、薬の処方箋を渡される。院内でも院外でも処方して貰えるというので、ついでだからと一緒に貰って行こうと考えた。

「病院内だと何処で薬を貰えるんですか？」

「こちらは救急外来の受付になりまして、お薬は一般外来の方にあるんですね。こちらの廊下を真っ直ぐに行かれると渡り廊下がありますので、その先にある建物に入って貰って、左に折れて突き当たりです」

説明を聞く限り、結構距離がありそうで、あの状態の賢一をつき合わせるのは無理なように感じられる。処方箋を手に賢一の元へ戻ると、薬について説明する。

「おじさん。薬が出てるんだけど、院内で貰おうとすると別の建物まで歩いて行かなきゃいけないんだって。行ける？」

「平気。二度手間になるのも面倒だから、貰いに行こうよ」

賢一はそう言って、再び朔実の肩を借りて歩き始めた。ひょこひょこと歩く様子は痛々しいもので、朔実は眉を顰めてやっぱり自分が貰って来るので、賢一には座って待っているよう勧めた。

「おじさん、あそこのベンチで待ってて。あそこからなら、タクシー乗り場も近いし。俺が貰って来るから」

「でも…」

「いいから。悪化させたら、余計に俺に迷惑かけることになるんだよ？」

遠慮しようとする賢一が神妙になる物言いをして、朔実は強引にベンチへ腰掛けさせた。荷物を見てて…と言って、賢一と自分の鞄を置き、説明を受けた院内薬局へ向かう。渡り廊下に出ると、それだけでも結構な長さがあり、賢一を連れて来なくてよかったと思う。

それでも怪我をしていない朔実にはさほどの距離ではなく、すぐに院内薬局に辿り着いた。そこで処方箋を出し、少し待って薬を受け取る。夕方近くになっており、一般外来の患者はほとんどいないせいで、すぐに処方して貰えた。

湿布薬と痛み止めについての説明を受け、朔実は「大森賢一様」と書かれた紙袋に入った薬を手に賢一の元へ戻る。渡り廊下を過ぎ、賢一を座らせたベンチはもうすぐだと思って、俯いていた顔を上げた時だ。

前方にあるベンチを見た朔実は、どきりとして歩みを止めた。ベンチに座る賢一の前に見知らぬ男が立っていた。白衣姿から病院の関係者だと分かるが、向き合って話している二人は、遠目から見ても深刻そうな雰囲気に包まれていた。

「………」

誰だろう。先ほど、説明を受けた救命救急の医師とは違う。伝え忘れたことでもあって、別の医師が来たのだろうか。だとしたら…。二人を包む雰囲気の重さが気になって、朔実は再び歩き始めた足を速める。

近づいて来る足音に気付いた賢一がはっとした顔で朔実を見る。その表情は強張っており、朔実は厭な予感を抱いて、賢一の前に立っている男を見た。何かあったんですか？　と聞こうとしたものの、男の胸につけられた名札が気になり、すぐに声が出なかった。

名札には「棟方《むなかた》」という名前があり、その上には呼吸器内科と書かれていた。賢一が運ばれたのは救命救急科で、先ほどの医師の名札にもそうあったの

だが…。呼吸器内科の医師がどうして…と不思議に思いながらも、何か事情があるのだろうと思って、改めて聞いてみる。

「どうかしたんですか?」

「…いや…僕は…」

「何でもないんだ」

朔実は棟方という医師に向かって尋ねたのだが、それを賢一が強い調子で遮る。普段の賢一からは考えられないほど、剣呑《けんのん》さが感じられる声を聞いた朔実は驚いた。自分が想像したのとは別の問題があったのかと不安になり、「おじさん?」と賢一に呼びかける。

朔実が困惑したのと同時に、賢一も自分がらしからぬ態度を取ってしまったのに気付いていた。後悔するような表情を浮かべ、緩く首を振る。ごめん…と呟くように詫び、立ち上がる為に助けを求める賢一に、朔実は戸惑いながらも手を貸した。

「行こう」

賢一は短く言って、朔実を促す。朔実は棟方という医師が気に掛かっていたものの、向こうは何も言わずに立っているだけだったし、常にない強引な態度を見せる賢一が気がかりで、何も聞かずに荷物を持って歩き始めた。

朔実の肩を借り、不自由そうに歩く賢一は強張った顔を俯かせたままだった。建物を出るところで朔実が密かに後方を振り返ると、棟方という医師の姿は消えていた。タクシー乗り場には生憎《あいにく》車がおらず、朔実は賢一をベンチに座らせてしばらく待ってみようと提案した。

頷く賢一の隣に座り、小さく息を吐いてから「おじさん」と呼びかける。

「何か……」

あったの？　朔実はそう聞こうとしたのだが、自分を見ていない賢一の横顔が、予想以上に強張るのを見て、先を続けられなくなった。賢一と棟方の間に何かあったのは間違いない。気分の悪いことでも言われたのだろうか…と考えてみたものの、それだけで賢一がここまで反応するとは思えなかった。

賢一は温厚を絵に描いたような人柄で、本気で腹を立てることも滅多にない。理不尽な目に遭ったとしても、仕方ないで済ませてしまうタイプだ。そんな賢一が、こうまで硬い表情を見せるのは…。

初めてだ…と思ってから、朔実は違うと思い直した。昨夜、一緒にドイツへ行こうと誘った時、無理だと即座に答えたあの時も…同じような硬い顔つきだった。

「……」

賢一には自分の知らない顔があるのではないか。ふっと胸の底に浮かんだ考えは、あっという間に増殖して、漠然とした不安へと変わる。その不安には、これまで考えないようにして来た色んなことが、溢れ出す日が近いのではないかという恐れも含まれていた。

病院から帰った賢一はあちこちが痛むからと言って、自分の部屋に入って横になった。朔実は大学に戻らず、賢一に代わって買い物に出かけ、家事をこなした。夕飯の支度をして賢一の部屋を覗くと、食欲がないからいらないと言われ、朔実は心配になってベッドの横に跪《ひざまず》く。

「大丈夫？　気持ち悪いとか…そういうのは…」

検査結果に問題はなかったものの、賢一は頭を打っている。医師からも体調に変化があれば受診するよう言われていたので、何か症状が出て来たのかと聞く朔実に、賢一は横になったまま小さく首を振った。

「頭を打ったせいじゃなくて…疲れたんだと思う。一晩寝れば治るから。朔実くんは心配しなくていいよ」

「……」

「ごめんね」

ご飯を作ってくれたのに食べられなくて申し訳ないと謝る賢一に、朔実は笑みを浮かべて気にしないように伝えた。痛み止めを飲むかと聞くと、賢一は我慢出来ないほどの痛みじゃないからと答える。

「しばらく様子を見てみるよ」

「眠れないようなら飲んだ方がいいと思うから、声かけて。…ここにおじさんの携帯、置いておくよ」

「家の中で携帯？」

「おじさん、動けないだろ」

この方が便利だと言う朔実に、賢一は小さく笑って頷いた。朔実は立ち上がり、部屋の明かりを消して、賢一が横になっているベッドを一瞥してから外へ出る。静かにドアを閉めると、自然と溜め息が零れた。

「……」

賢一が弱っているのは怪我のせいでも、疲れのせいでもなく、病院で見かけた棟方という男のせいだと、朔実は気付いていた。賢一と棟方はあそこで初めて会ったんじゃない。二人は知り合いだ。そんな確信が持てていたが、賢一がショックを受けたように見える理由までは読めず、朔実は心配よりも苛立ちを強めていた。

翌朝、朔実が起きて居間に入ると、「おはよう」と言う賢一の声が聞こえた。いつもより早めに起きたつもりだった朔実は驚き、台所に立っている賢一に尋ねる。

「おじさん、大丈夫なの？」

「うん。心配かけてごめん。足も大分よくなったよ」

相変わらずひょこひょこと右側を庇うような歩き方をしているが、人の手を借りなくてはいけないほどではないようだ。確かに回復している様子を見て、朔実はほっとしたものの、無理しない方がいいと勧める。

「朝食の支度なんか、俺がやるから。おじさんは座ってなよ」

「これくらいは出来るよ。ただ、洗濯物を干すのは辛そうだから、お願い出来るかな」

「分かった」

賢一の頼みに頷き、朔実はバスルームに向かう。洗濯機から洗い終わった洗濯物を取り出し、籠に入れてベランダへ運んで干した。空は青く晴れており、気持ちのいい一日になりそうだった。

空になった籠をバスルームへ戻すと、台所の賢一を手伝った。ハムエッグにトースト、コーヒーという簡単な朝食はほとんど出来上がっていて、出かけるのなら先に食べるよう、賢一は朔実に勧める。

「いつもより早くない？」

「昨日、帰って来ちゃったから」

「そうだったね…。ごめん」

謝らなくてもいいよ…と苦笑して返し、朔実は賢一が作った朝食を食べ始めた。バターを塗ったトーストを齧り、しばらく家でおとなしくしていた方がいいと賢一に忠告する。

「痛いのを無理して出かける必要はないよ。買い物も俺が帰りにして来るし。何か欲しい物があったらメールして」

「分かってる。この有様じゃ、今度は自分がふらついて転ぶかもしれないしね」

自重すると真面目な顔で言い、自分のマグカップをテーブルに置いて、賢一も腰掛けた。頂きますと手を合わせ、食べ始める賢一はいつも通りで、昨日の硬い顔つきは消えている。一夜の間に賢一は動揺から抜け出したようだったが、朔実の心には疑問が残ったままだった。

しかし、朔実はそれをおくびにも出さず、朝食を食べ終えた。ごちそうさまと手を合わせ、食器を片付けようとする朔実に、賢一は自分がやるからいいと言う。

「台所仕事くらいは出来るから。朔実くんは出かけていいよ」

「本当に大丈夫?」

「あちこち痛いだけなんだから」

病気じゃないよと笑う賢一に朔実は頷き、洗濯物は自分が帰って来たら片付けるので、ベランダには出ないよう注意する。

「段差があるし、蹴躓《けつまず》いたりするといけないから。今日はとにかく、おとなしくして様子見て」

「分かった。掃除も控える」

「その方がいいよ」

仕事も加減して…とつけ加え、朔実は自室に荷物を取りに行った。再度居間に顔を出し、賢一に「行って来ます」と告げて玄関へ向かう。昨日の朝、賢一は留学の件について忠告して来たが、思いがけない事故に遭遇したせいもあるのか、何も触れては来ない。朔実自身、迷いが生まれて中田や若林に返事をしていなかった。

どうするのか早く決めなくてはいけないと思っていても、朔実の頭は留学とは別のことでいっぱいで、考える余裕がなくなっていた。病院で会った、棟方という男は何者なのか。時間が経つにつれて疑念は大きくなる一方で、朔実はいけないことだと思いながらも、病院を訪ねる決心をした。

何かしらの答えを得なくては身動きが取れなかった。棟方と賢一がどういう知り合いなのかが分かればそれでよかった。初対面だったのなら、それはそれでいい。賢一があそこまで硬い表情を見せるほど、厭な真似を棟方がしたのだとすれば、許せないと腹が立つものの、あの病院に行かなければ二度と会うこともないだろう相手だ。

けれど、朔実は心の底で二人が初対面なんかじゃないと分かっていた。言葉にして考えたくはない恐れを抱き、ただ、違っていればいいとだけ、願った。

昼休みに大学を抜け出した朔実は、昨日の病院を訪れた。棟方に会えるかどうかは分からなかったが、いつなら会えるのか、確かめるだけでもいいと思った。前日とは違い、昼過ぎの病院にはまだ外来患者が残っており、大勢の人が行き来している。正面玄関から入り、案内図で呼吸器内科の場所を確かめ、二階へ向かった。二階には外来患者が診察を受ける診療科が幾つもあったが、診療時間が終わっているせいか、会計などのある一階とは違って人気は少ない。

呼吸器内科と書かれたプレートを見つけて近づくと、受付の横に診察を担当する医師の名前が張り出されていた。そこに棟方の名前があるのを見つけ、やっぱりと思う。ここで聞けば、棟方と会える方法が分かるかもしれないと思い、朔実は受付に座っている事務員に声をかけようと考えた。

その時、受付の脇にあるドアが開き、白衣姿の男性が出て来た。何気なく見た相手が驚いた顔になるのに気づき、朔実ははっとする。昨日、賢一の傍に立っていた男に間違いなく、胸には「棟方」と書かれた名札があった。

「…君は…」

小さく呟いた棟方に朔実は軽く一礼をして、不躾な訪問を詫びる。

「すみません、突然…。少し…話したいんですが…」

忙しいと断られるようなら、日を改めて出直すつもりだった。しかし、朔実のことを覚えていた棟方は求めに応じ、場所を変えようと提案する。棟方は受付の事務員に食事に行って来ると告げ、朔実と連れ立って歩き始めた。

「仕事中にすみません」

「いや。今、午前の診察が終わったところで…休憩に入るつもりだったから、ちょうどよかったよ」

棟方は朔実と同じくらいの長身で、年齢は賢一よりも年上に見えた。それでも四十代半ばくらいだろう。眼鏡をかけた理知的な顔立ちをしており、白衣の下はシャツにネクタイというきちんとした格好で、ネクタイの趣味もよかった。

全体的にとてもスマートで、賢そうな雰囲気のある男だ。昨日見た時は動揺した顔つきだったせいもあり、不審さも感じられたが、隣を歩く棟方には経験豊富な信頼のおける医師という印象がある。

棟方は朔実を連れ、病院の食堂へ向かった。時間がないので、食事をしながら話してもいいかと聞く棟方に、朔実は頷き、自分も都合がいいと返す。昼休み中に抜け出して来ている朔実は、昼を抜くつもりだった。

「…仕事中で？」

「いえ。学生なので」

窺うように聞く棟方に、朔実は正直に答える。朔実は落ち着いているせいもあり、大学生には見えないので、学生だという説明を不思議に思う人間も多い。しかし、棟方は軽く相槌を打っただけで、何も思っていないようだった。

医師である棟方自身、長く学生をやっていた経験があるのかもしれない。そう思って、彼の後に続いてセルフサービスの列に並んだ。朔実は棟方と同じAランチを選び、厨房《ちゅうぼう》の中から注文を聞いて来る女性に伝える。すぐに提供されたトレイを持ち、棟方と共に空いている席を探した。

昼時の食堂はほぼ満席だったが、幸い、空いたばかりのテーブルを見つけることが出来て、何とか落ち着けた。二人がけのテーブルに棟方と向かい合わせに座り、朔実は何から話せばいいか迷う。

いきなり賢一との関係を聞くのもどうかと思われる。まずは自分のことを話すべきだろうか。朔実が言い淀んでいるのに気付いたのか、棟方は先に箸を手にしてランチを食べ始めた。

「ここの唐揚げは結構美味いんだ。Aランチで唐揚げが出ることは二週間に一度くらいでね。君は運がいいよ」

「…頂きます」

上手に勧めてくれる棟方に助けられた気分で、朔実は小さく頷いて箸を手にした。棟方の言う通り、揚げたての唐揚げはさくさくで美味しかった。大学にも同じような食堂があり、そこの唐揚げも人気だけれど、それよりも香辛料の風味がきいている。

「美味しいです」

「よかった」

「…聞いてもいいですか？」

ほっとしたように笑みを浮かべた棟方を、朔実は窺い見て確認する。棟方は箸を動かしながら、「どうぞ」と返した。

「おじさんとは…どういう知り合いなんですか？」

「……。昨日もおじさんと呼んでいたね。本当に…血の繋がりが？」

「はい。おじさんは…母の弟で、俺は甥です」

「…そうか」

棟方は朔実の問いには答えず、賢一との関係を確認する。叔父と甥だと聞き、少し感慨深げな表情になって頷いた。それからしばらく、何も言わずにランチを食べ進めていたが、少しして「古い友人なんだ」と答えた。

「古い…というと…？」

「…もう…十五年…いや、二十年近く前になるのかな。…ちょっと気まずい別れ方をしてね。それ以来、連絡も取ってなかったんだが、昨日偶々見かけて…全然変わってなかったからすぐに分かって…驚いて声をかけたんだ」

「…そう…なんですか…」

「彼は…怪我をしているようだったが、どうして？」

賢一と棟方は初対面でなかったのは朔実の予想通りだった。そして、気まずい別れ方をしたという棟方の説明は、あの時二人の間に漂っていた重い雰囲気に通じている。棟方は賢一から怪我の理由も聞けなかったらしく、心配そうに尋ねる彼に、朔実は老人を助けようとして階段から落ちたのだと話した。

「頭を打って気を失ってしまったようで…救急車で運ばれたんです。幸い、何ともなかったようなんですが…」

「それならよかった…」

ほっとした顔つきで息を吐く棟方は厭な人間には

見えず、賢一との間にどんな諍いがあったのか、想像もつかなかった。賢一があんなに硬い表情でいた理由が気になるものの、初対面の棟方にそこまで突っ込んで聞いていいものかどうか、躊躇われた。朔実自身、友人と気まずい別れをした経験がある。穏やかな賢一にも厭な思い出の一つや二つあるはずだ。

好奇心はあっても賢一に対する後ろめたさから、それ以上聞けないでいた朔実に、棟方が何故自分を訪ねて来たのかと尋ねる。

「彼が…何か言ってた？」

「いえ。…おじさんが…あんな風に動揺するのを見たのは初めてで…どういう知り合いなのか、どうしても気になってしまって…」

「…そうか…」

頷く棟方自身、過去の揉め事を思い出したのか、硬い顔つきになっていた。賢一にとって苦い思い出であれば、相手である棟方にとっても同じだ。第三者である自分が余計な首を突っ込むのはマナー違反だという思いから、朔実は具体的に何があったのかと聞くことは出来なかった。

そんな朔実の前で、棟方も何も言わずにランチを食べていたが、彼は意外にものすごく食べるのが早かった。朔実が半分ほどを食べたところで、棟方は箸を置く。驚いて見る朔実に、職業柄、早食いになってしまったと苦笑する。

「君はゆっくり食べてくれればいい」

「お忙しいんですね」

「今日はまだマシな方なんだ。こうして座って食べられる」

自分の多忙さを茶化すように言い、棟方は朔実に何を学んでいるのかと聞いた。朔実は自分が研究している流体力学について説明し、大学院の博士課程にいて、論文を準備中なのだとつけ加える。

「じゃ、いずれは研究者に？」

「何処かで職を得られればいいんですが…。なかなか難しいところです」

博士号を取得した後、どうするのかは朔実にも先は見えておらず、肩を竦めて答える。棟方は朔実の言う意味がよく分かるというように頷いた。棟方自身、博士号を取得しようと大学院で学んだものの、途中で挫折して臨床医に転じたのだと言う。

「経済的な事情もあってね。僕は諦めてしまった」

「こう言うのは失礼かもしれませんが、医師免許があれば医者として働けますから。羨ましいです」

「確かに。医師免許には僕も助けて貰った」

小さく笑う棟方は話し方も落ち着いていて、紳士的だった。賢一と同じく、争いごとなどには無縁のように見える。棟方を知るほどに、二人の間に二十年近くが経っても禍根を残すような諍いがあったというのが信じられなかった。

怪訝な思いで朔実がランチを食べていると、棟方が持つ院内連絡用のＰＨＳが鳴り始めた。

「…失礼」

ポケットから取り出したＰＨＳで短い会話を交わした後、棟方は朔実に「すまない」と詫びる。

「ちょっと病棟の方へ行かなくてはいけなくなってしまったんだ」

「どうぞ、行って下さい。突然、訪ねてしまったのは俺の方で…すみませんでした」

「いや…」

空の食器が載ったトレイを持って立ち上がりかけた棟方は、動きを止めて朔実を見た。悩んでいるような表情でしばし見つめた後、「もしも機会があれば」と前置きした上で、賢一への伝言を朔実に頼ん最後に、朔実は突然の訪問を厭がらず、つき合ってくれた棟方に「ありがとうございました」と言って頭を下げた。棟方は「いや」と言って首を振った後、ふと思い出したように聞いた。

「そう言えば…君の名前を聞いてなかった。ええと…」

「大森です。大森朔実といいます」

「大森……？　ああ、そうか。母方の甥だから名字が違うのか」

朔実から氏名を聞いた棟方は、一瞬戸惑った顔をした後、自分で見つけた答えに納得したかのような独り言を呟いた。棟方は何気なく口にしたようだったが、朔実にとっては気になる内容で、眉を顰めて聞き返す。

「……どういう意味ですか？　名字が違うって…」

「……。だって…彼は…」


だ。

「驚かせてしまってすまなかった…と、謝っておいて欲しい」

「……。はい」

驚かせてという意味が今一つ分からなかったが、戸惑わせてしまったのを詫びたいのだろうと思い、頷く。賢一には棟方に会ったことを当分、話すつもりはない。彼もそれを分かっているから、機会があればと言ったに違いなく、朔実も頭の隅に留め置く程度のつもりで頷いた。

朔実の返事を聞いた棟方は小さく笑った。安堵と懐古の情が滲んでいるような表情には、慈愛も込められているように見え、朔実は小さな戸惑いを覚える。棟方にとって賢一との思い出は苦いものばかりではなく、賢一との間に温度差があるのかもしれないと思った。

「大森…賢一です。母は結婚せずに俺を生んでいるので、俺とおじさんの名字は同じなんですが…」

棟方の言うように名字が違うという事実はない。怪訝に思いながら朔実がそう言うと、棟方はさっと顔つきを硬くした。だが、それは一瞬で、すぐに元の顔に戻り、「すまない」と詫びる。

「ちょっと勘違いをしていたようだ。そうだったね」

「……」

棟方は明らかに動揺している気配があったが、それを隠すのもうまかった。何事もなかったかのように「じゃ」と言い、トレイを手に食堂を横切って行く。返却口にトレイを置き、足早に出て行く棟方の姿を目で追いながら、朔実は最後に聞いた事実を頭の中で反芻していた。

棟方は賢一の名字が「大森」ではないと考えていたのか。彼が覚え間違いをしていたのか、もしくは…何らかの理由があって、賢一の名字が途中で変わっているのか。だが、女性なら結婚で名字が変わるということはあっても、男性である賢一の名字が変わる事情は思いつかない。

最後に生まれたもやもやは他の事実にも影響を及ぼし、朔実は自分の心が厭な感情ばかりで埋められていくような錯覚を味わった。

賢一には時折、その人柄とは印象の違う違和感が垣間見《かいまみ》えた。かつての友人であった棟方と、二十年近くが経っても忘れられないほどの気まずい別れ方をしているという話を聞いて朔実が思い出したのは、賢一が高校時代に家出をして親族と音信不通だった事実だ。穏やかな性格の賢一には家出という言葉自体が似合わないような気がしたが、母もまた、揉めて家を出たと聞いていたので、家の方に何かしら問題があったのだろうと考え、詳しくは聞いていなかった。

　棟方が賢一の名前を覚え間違えていた可能性は低いと思った。自分の勘違いだったと弁明した棟方は、何かしら隠している風でもあったと病院を離れてから改めて気がついた。棟方は賢一の為に嘘を吐いたのではないか。そんな疑念は少しずつ膨らんで行き、賢一と棟方が仲違《なかたが》いをした理由についても、自分が考えている以上の深い事情があるのではないかと想像した。

　全ては想像でしかなく、真実を確かめたいという衝動に駆られたけれど、病院に戻り多忙な棟方を再び捕まえて追及することまでは出来なかった。朔実は大学に戻ってからも、悶々《もんもん》とした気持ちが消せないまま過ごし、その日は早めに帰宅した。

　怪我をしている賢一の状況が気になったし、買い物も代わって済ませなくてはならない。駅前のスーパーマーケットで夕飯の献立を考えながら食材を買い込み、家に戻って玄関を入ると、ミシンの音が聞こえなかった。違う作業をしているのだろうといつもなら思うところだが、賢一は怪我をしたばかりだ。厭な予感が胸を過り、朔実は靴を脱ぎ捨て居間へと駆け込んだ。

「おじさん…っ…！」

　かつて母が倒れていた場所を反射的に確認しようとした朔実は、背後から「朔実くん？」と呼ぶ賢一の声を聞いて振り返る。大きな声を聞いて驚いた賢一が、右脚を引きずるようにして和室から近づいて来るのを見て、朔実はほっと息を吐いた。

「どうした？」

「……ごめん…」

母が亡くなった時の悪い記憶が蘇ったせいだとは言えなかった。朔実は愛想笑いを浮かべて首を振り、食材を買って来たと口早に言って台所へ入る。賢一は怪訝そうな顔をしていたが、朔実にわけを問うことはせず、何か手伝おうかと申し出る。

「いいよ。まだ早いし。おじさんは仕事してて……って、仕事になった？」

「ぼちぼちね。あ、ダイニングのテーブルを占領しちゃってごめん。すぐに片付けるよ」

和室にはミシン作業用のテーブルがあるが、それ以外の作業は座卓で行っている。正座すると捻挫した足が痛むので、ダイニングのテーブルを借りていたと言う賢一に、朔実は食材を仕舞いながら、食事の時間まで使うように勧める。

「痛みがひどくなったりとかはしてない？」

「大丈夫。少しずつよくなってるんだと思うよ。心配かけてごめん」

大丈夫と言いながらも、賢一は足を引きずって和室へ戻って行く。足だけでなく、他にぶつけた箇所も痛むのか、その動きはスムースとは言いがたい。時間がかかるだろうなと思いつつ、朔実は食材をそれぞれの場所に仕舞い終えると、自分の荷物を部屋に置きがてら、浴室に向かい風呂を洗った。

自動給湯のスウィッチを押し、濡れた手を拭いている途中で、洗濯物を取り込まなくてはいけないのを思い出す。いつもは賢一がやっているので忘れていたが、今日はベランダの段差が危ないから自分がやると告げてあった。風呂の前に洗濯物だったと小さな失敗を悔やみながら居間に入り、掃き出し窓を開けてベランダに出る。

四月も半ばを過ぎ、日に日に日没が遅くなっている。夕焼け色に染まった空を眺め、洗濯物を取り入れる前に、とうに花が終わった水仙の鉢植えに水をやった。水仙の葉は夏には枯れてしまうが、それまでに葉に受ける光で球根に養分を蓄える。その為、花が終わっても葉を切らずに、翌年に備えて球根を太らせる必要がある。

水仙は日当たりのよい場所を好むが、暑さに弱いので、夏場は涼しい場所へ移してやらなくてはいけない。そろそろ気温に気をつけなきゃいけない時期になるなと思いつつ、水やりを終えた。じょうろを置き、洗濯物を取り込もうとした朔実は、窓ガラス越しに和室で作業している賢一を見つけ、視線を止めた。

「……………」

トルソーに着せたシャツの出来上がりを確認し、メモを取っている賢一の横顔は凜としていて、美しかった。十四年前、初めて見た時とちっとも変わっていない。棟方も賢一が変わっていなかったと言っていた。

自分と同じように…棟方も賢一を美しいと感じたりするのだろうか。そんな考えがふいに浮かび、朔実は頭の奥に仕舞い込んであった断片的な記憶が繋がっていくような錯覚に襲われた。何かを懐かしむような棟方の顔。辛そうに硬く歪んだ賢一の顔。古い友人だという棟方の説明は…。

真実を語っているのだろうか？

「……」

自分が求める真実とは何か。そんな問いかけ自体が許されないことで、朔実は微かに眉を顰める。窓の向こうの賢一は朔実の視線に気付いておらず、何気なく背を向ける。痩せた背中は華奢だけれど、女のそれとは違う。出会った時には既に賢一と同じくらいの体格だった朔実は、あっという間に彼を追い抜き、見下ろすほどの背丈になった。

　棟方も背が高かった。賢一の隣に並べば…。そんな想像をしかけた時だ。突然振り返った賢一と視線が合う。不思議そうな表情を浮かべて窓に近づいた賢一は、鍵のかかっていなかったそれを開けて「どうかした？」と聞いた。

「……何でもないよ。何してんのかなって見てただけ」

「いや、寸法が合わないって戻って来たやつで…採寸が間違ってたのかなって考えてたんだ。手伝おうか？」

「だから、いいって」

　おじさんは仕事しなよ…と苦笑して返し、朔実は賢一に背を向けて洗濯物をハンガーから外す。賢一は「分かったよ」と少しむっとしたような返事をして、窓を閉めて戻って行った。朔実は和室に背を向けたまま、洗濯物を取り込み、開け放してあった居間の掃き出し窓から中へ入る。窓辺の床に洗濯物を置き、窓を閉めてから、それを畳み始めた。

　棟方は自分の知らない賢一を知っている。自分が出会う前の賢一…というだけじゃなく、自分の知らない賢一の「顔」を知っているに違いない。そんな確信は、長い間、心の奥深くに隠して来た形のない何かを象ってしまうような気がして、朔実は不安に怯える自分を必死で見ないようにしなくてはいけなかった。


　賢一の怪我は日に日によくなり、一週間も経つと足を引きずらずに歩けるようになっていた。同じ頃、朔実は悩んだ末に留学の話を辞退した。朔実にとって最大のネックはやはり賢一で、彼と離れる暮らしはどうしても想像がつかなかった。一時は賢一と離れた方がいいのかもしれないと思ったものの、怪我をしたことが朔実の考えを変えた。

　中田や若林は非常に残念がったけれど、離れられない家族がいるという説明に納得せざるを得なかったようだった。朔実は常にプライヴェートな話を避けていた為、叔父と暮らしているらしいとしか周囲には知られていなかったが、その叔父に健康面の問題があると誤解されたらしかった。そんな噂を耳にした朔実は否定しようか迷ったものの、そのお陰で中田たちが了承してくれたのもあって、何も言わずにおいた。

　賢一からは留学の話を断らないように言われたが、怪我をしたこともあって、その話題が家で上ることはなかった。賢一がそう言えば…と言い出したのは、怪我もすっかり回復した、五月の連休に入った頃だった。

　留学の話を断ったと聞けば賢一が怒る…まではいかずとも、気に入らずに思うのは分かっていた。だから、朔実は聞かれるまで言わずにおこうと決めていた。初夏を思わせるほど、気温が上がったその日。夕飯を食べている途中でどうなったのかと聞かれた朔実は、何気ない表情を装って、その話はなくなったと答えた。

「どうして？」

「どうしてって……まあ、色々あってさ」

「朔実くんが断ったの？」

　嘘を吐くつもりはなかったが、正直な話をして賢一を怒らせる必要もない。朔実は小さく溜め息を吐き、ただ話が流れただけだと答えた。しかし、賢一は朔実の答えが信用ならなかったようで、どうしてと繰り返す。

「いい話だって言ってたじゃないか。折角のチャンスだったのに…」

「中田先生のところでも十分に学べてるし、チャンスなんてまたあるよ」

「……。俺が行かないって言ったから？」

「……」

曇った顔で窺うように聞く賢一に、朔実は首を横に振って答える。そういうわけじゃないと言い、この話はもう終わりにしようと遮った。

「スープが冷めるよ」

賢一は納得がいかない顔つきのまま、無言で箸を動かした。賢一が知れば怒るのは予想出来ていて、しばらくは機嫌が悪いかもしれないと覚悟する。食事を終えても賢一は口数が少なく、朔実は非難めいた空気を避けるように自室に入った。

思春期から成人するまで、賢一と十年以上共に暮らして来た中で、叱られたことはほとんどない。ちょっとした注意ならある。マヨネーズを使い過ぎだとか、起きる時間が遅いとか。それも口うるさい程度であって、賢一が無言になるほど怒るのは初めてだった。

朔実自身が賢一に叱られるような場面を作って来なかったせいもあるのだが、今回ばかりは譲れなかった。賢一と一緒に行けるならと、一度は夢見たものの、本人からきっぱり無理だと断られてしまった。賢一を置いて一人でドイツに行くことはとても考えられなかった。

元々、朔実の中で賢一は常に優先順位の一番に位置している。だから、留学を断ったのも悔いはなく、後は賢一が納得してくれるのを待つだけだと思っていたのだが、夜遅く、朔実は思わぬ事態に遭遇した。

十時を過ぎた頃、部屋のドアがノックされた。べッドに寝転がり、本を読んでいた朔実はイヤホンで音楽を聴いていたのだが、ノックの音には気付き、「はい」と返事をした。ドアを開け、顔を覗かせた賢一が「ちょっといい？」と聞いて来るのに、どきりとしつつ頷く。

「何？」

賢一は部屋のドアを開けたまま中に入り、ベッドの横に跪いて正座した。起き上がる朔実を見上げ、真剣な表情で告げる。

「…本当は…朔実くんが社会人になったら相談しようと思ってたんだけど…。…そろそろ、別に暮らさないか？」

「……」

留学の話を断ったことを賢一が怒っているのは分かっていたが、まさか、別に暮らそうと言われるとは思ってもおらず、朔実はパニックに陥った。朔実にとってそれはもっとも恐れていた宣告で、賢一の口からその台詞を聞きたくないが為に、社会に出るのを先延ばしにして来たと言っても過言ではない。

驚愕して声も出せないでいる朔実に、賢一は学費や生活費などの心配はしなくてもいいと続けた。

「今まで通り、お金のことは俺が考えるし…朔実くんはここで暮らして、大学に通えばいいよ」

「……」

「俺がここを出て行くから」

賢一が落ち着いた口調で話しているのが信じられない気分で、朔実は震える指先を握り締めた。「どうして」と理由を聞く声は掠れている。どうして、

賢一は突然こんなことを言い出したのか。眉を顰めて聞く朔実に、賢一は朔実の為だと言った。

「朔実くんが俺のことを気遣ってくれるのは嬉しいけど…俺のせいで、朔実くんの将来を駄目にしたく

はないんだ。今回は…断ってしまったけど、朔実くんにはまた留学の話とかが来ると思うし…。就職だって、東京で出来るかどうか分からないじゃないか。そういう時にまた…朔実くんが選択肢を狭めてしまうのは申し訳ないから」

「…そんな…こと…、就職は…東京で、…ここから、通えるところで見つけるから…」

「だから、それがよくないって思うんだ。朔実くんがここと…俺に拘《こだわ》って、世間を狭くしてしまうのはもったいないよ」

「ちが……」

「俺は…朔実くんの負担になりたくない」

だから、朔実くんが気にしないで好きに出来るよう、別に暮らした方がいいと言う賢一を、朔実は呆然と見つめる。そうじゃない。負担なんかじゃない。そう言いたいのに、声が出なくて、朔実は力無く首を横に振るしか出来なかった。

賢一がいなければ自分は生きていけない。賢一がいなくて平気なら、ドイツにだって行けた。

賢一の為にという気持ちは強い。心配する気持ちももちろんある。けれど、それよりもずっと大きいのは自分自身が賢一を必要とする思いだ。

それを説明して分かって貰いたいのに、朔実は言葉に出来なかった。強張った顔つきでいる朔実を見て、賢一は小さく息を吐いて詫びる。

「…突然でごめん。でも前から考えてたんだ。朔実くんはとっくに保護者が必要な歳じゃないのに…いつまでも俺がここにいるのも変だろう?」

「……」

「引っ越し先を見つけたら、相談するね」

賢一は小さく笑い、立ち上がる。

高校を卒業する時も、二十歳を迎えた時も、賢一がこういうことを言い出すのが怖くて仕方がなかった。もう一人で大丈夫だね。賢一がそう言って、出て行ってしまったら。

想像するだけで怖くて怯えた日々を思い出しながら、朔実は部屋から出て行こうとする賢一の背中に向かって手を伸ばす。

腕の長い朔実は易々《やすやす》と賢一に触れることが出来た。声が出ないから、引き留めたい気持ちを行動で表すだけのつもりだった。肩を摑んで、賢一の動きを止めて、出て行かないで欲しいという自分の気持ちを何とかして伝えよう。

そう思っていたのに、気付いた時には、賢一を背中から抱き締めていた。

「……………」

賢一と暮らし始めたのは十二歳という思春期に入りかけた頃で、必要以上に触れ合ったりすることはなかった。賢一に触れられるのは熱を出した時くらいで、朔実の方から意識的に賢一に触れたことはない。

だから、こんな風に賢一を抱き締めるのは初めてで、朔実は自分が何をしているのか、すぐに理解出来なかった。けれど、腕の中にいるのが賢一だという認識はあった。すっぽり覆えてしまいそうだと思っていた、痩せた背中。アイロンのきいたシャツの、リネンウオーターの香り。自分と同じシャンプーの匂い。

一つずつ認識される事実は、これまで朔実自身が意識して閉じ込めて来た想いに通じていた。形のないもやもやとした心情は、リアルな感触を得ることで、真実の姿を現す。

自分は賢一を…。

「っ…」

朔実に抱き締められた賢一は息を呑み、腕を振り解《ほど》こうとして身体を捩《よじ》る。だが、無理に動こうとしたせいで賢一はバランスを崩し、逆に朔実に凭れるような体勢になってしまった。賢一の身体を受け止めた朔実は、腕に抱いた彼の唇を迷わず塞いだ。

「……」

賢一を抱き締めた時点で欲望が理性を凌駕《りょうが》していた。それまで意識してはならないと抑え込んで来た感情が一気に溢れ出し、朔実は自分が何をしているのかも分からないまま、賢一に深く口付ける。

相手が賢一だと分かっていたら、そんな真似は出来なかった。だが、相手が賢一だからこそ、やめられなかった。誰ともしたことがないような激しい口付けに溺れ、我を忘れて細い身体を抱き締めた。

そのまま何もかもを忘れて行為に没頭出来れば、それはそれでしあわせだったのかもしれない。一時の激情に身を任せ、その後のことなど考えずに味わう快楽は、生涯に一度味わえるかどうかの貴重な「一瞬」だ。それで全てが壊れて、何もかもを失ってしまったとしても、仕方ないと諦められるほどの誘惑がそこにはあったのに、朔実は手に入れることが出来なかった。

賢一と暮らした十四年間の穏やかな日々と、朔実の根底にある道徳観念が邪魔をした。賢一が鼻先で漏らした声が耳に届くと、朔実は唐突に我に返り、抱き締めていた賢一を突き放した。

「っ……！」

眉を顰めた賢一と目が合うと、朔実は混乱した。自分は今、何をした？ 賢一に何をした？ ついさっき犯したばかりの過ちを自らに問いながら、朔実はふらふらと後ずさる。自分を見つめている賢一の目が怖くて、朔実はその場に崩れ落ちるようにして

蹲り、額を床につけて必死で詫びた。

「ご…めんなさい……っ…、…ごめんなさい…っ」

身体を震わせ、繰り返し謝りながら、朔実は愕然としていた。ただ、賢一を引き留めて自分の気持ちを説明したかっただけなのに。賢一がいなければ自分は生きていけないから。お願いだから、出て行かないでと、伝えたかっただけなのに。

どうしてあんな真似をしてしまったのか、自分自身を信じられなく思い、賢一の許しを請う為に必死で詫びる。ごめんなさいと繰り返す朔実を、賢一は苦しげな表情で見つめていたが、何も言わずに部屋を出て行った。

朔実の部屋を出た賢一が自室のドアを閉める音が聞こえても、朔実は床に突っ伏したままでいた。

「……っ……」

賢一は自分を許してくれないかもしれない。賢一にとっては、許す、許さないという問題以前の話かもしれない。甥である自分にキスされるなんて、想像もしなかったに違いない。朔実自身、賢一が叔父であるという大前提があって、だからこそ、あってはならない想いだと、ずっと目を瞑《つむ》って来た。

時折、姿を現す言葉には出来ない想いが、賢一への恋情に基づいたものであると、本当は分かっていた。大人になって覚えた性的行為の相手は皆男で、自分がゲイだと認識してからも、賢一だけはそういう対象として見てはいけないと、己をきつく律した。

かつてつき合った小田桐から、自分に賢一を重ねて見ているのではないかと指摘された時も、それはあり得ないと否定し、深くは突き詰めて考えないようにした。賢一は叔父で、自分と一緒にいてくれる、ただ一人の肉親だ。愚かな想いを追及してしまえば、全てを失うと分かっていた。

想いを叶えることよりも、目の前の日々を失いたくなかった。刹那的な快楽よりも、穏和な毎日を選んだ。賢一が傍にいてくれるのなら、それ以上のしあわせなど、望まなかった。なのに…。

「…ごめんな…さい……」

出て行くと言った賢一を引き留めなくてはいけなかったのに、促すような真似をするなんて。賢一はこれで益々、別に暮らす決心を固めたに違いない。賢一と離れなくてはいけないなんて…。しかも、自らの過ちのせいで…。

ごめんなさいと何度口にしても、聞いてくれる相手はいない。いつしか零れた涙で眦《まなじり》を濡らしながら、朔実は一人きりの部屋で、ごめんなさいと繰り返した。こんな風に誰かにひたすら詫びるなんて初めてだ。亡くなった母にだって、泣いて謝ったことはない。もちろん、賢一にも。

物分かりのいい、手のかからない子供だった。詫びなくてはいけないような真似をしなかった、聞き分けのいい子供の頃に戻れたら。何のてらいもなく、賢一の庇護を受けて過ごせる、子供に戻れたら。

どうして自分はこんな気持ちを抱くようになってしまったのだろう。欲望を抑えきれなかった自分を恥じ、賢一を失う恐怖に朔実は苦しみ続けた。

どんなにやりきれない夜でもいつかは明けて、朝が来る。時間を巻き戻してやり直したいという願いは叶うはずのないもので、朔実は泣きながらいつしか眠りについていた。夢の中でも苦悩していた朔実が目を覚ましたのは、低いミシンの音が聞こえて来たからだった。

「………」

反射的に賢一はまだ家にいるのだと思い、ほっと息を吐いた。朝になったらいなくなっているかもしれないという恐れも抱いていた。よかったと安堵しながらも、この音も間もなく聞けなくなるのかというう、暗澹《あんたん》たる気持ちが湧き上がる。

賢一と一緒に暮らすようになって、ミシンの音は朔実の日常に溶け込んだ。母は裁縫が不得手で、ミシンも持っていなかった。学校から帰って来て、玄関を入ってすぐに聞こえるミシンの音は、いつしか朔実の心を落ち着かせる特別な音色になった。

自分の為に出て行くと言った賢一を引き留める術はもうなくなった。賢一の中に生まれたに違いない、自分への戸惑いはどんな言葉でも消せないだろう。大甥である自分からキスされるなど、賢一は想像したこともなかったに決まっている。

「……」

だが、賢一は抵抗はしなかった。余りにも驚き過ぎて、咄嗟に対応出来なかっただけかもしれない。もしくは……。もう一つ、頭に浮かんだ可能性は自分にとって都合のいい言い訳に過ぎないと思い、朔実は深い溜め息と共にそれを消した。

ゆっくり起き上がり、時計を見ると、十時近くになっていた。午前中に予定があったのを思い出し、しまったという気分でベッドを下りて、デイパックに入れたままの携帯を探る。マナーモードにしてあった携帯には着歴が幾つか入っており、約束をしていた根本に申し訳ない気分で、電話を入れる。

体調が悪くて寝込んでいたという言い訳を根本は疑うことなく信じ、大丈夫かと気遣ってくれた。大分よくなったので今から行くと返すと、休んだらどうかと勧められる。

「いや、行くよ。…十一時過ぎになってしまうけど…」

『こっちは何とかなってるから、ゆっくり来いよ。無理するなよ』

「ありがとう」

根本の気遣いに礼を言い、通話を切ると、立ち上がって服を着替える。朔実の部屋からは直接玄関に出られるので、賢一の顔を見ずに出かけることも出来る。しかし、逃げた分だけ苦しさが増すのは分かっていて、意を決して、居間に続くドアを開けた。

賢一がどんな態度であっても、動揺は見せないでおこうと決めていた。悪いのは全て、自分だ。賢一をこれ以上困らせないように……賢一が望むように、自分は振る舞うべきだ。賢一は硬い顔つきで自分を見るだろうから、行って来ますとだけ告げて出かけようと考えながら、朔実は和室を覗いた。

けれど、朔実の予想に反して、賢一はいつも通りの顔で「おはよう」と言った。

「出かけるの？」

「……。うん」

「サンドウィッチ、作ってあるんだけど、急いでるなら持って行きなよ」

余りにも普通過ぎる賢一に戸惑いを抱きながらも、朔実は「うん」と再度頷き、台所を覗いた。ダイニングのテーブルの上に、サンドウィッチの載った皿があり、ラップがかけられている。朔実はそれをラップで包んで袋に入れると、和室で仕事をしている賢一に「行って来ます」と告げた。

「行ってらっしゃい。気をつけて」

仕事をしていた手を止めて顔を上げる賢一からは、昨夜、困惑に眉を顰めていた姿は想像がつかなかった。気を遣ってくれているのは間違いないと思ったが、賢一の本心は見えなかった。朔実は戸惑いを覚えながらも大学に向かい、所用を済ませた後、昼過ぎに賢一の作ってくれたハムサンドを食べた。

ハムときゅうり、スライスチーズが挟んであるサンドウィッチはありふれたものでも、賢一が作ってくれたと分かる味がする。賢一と離れたら、これまで何度も食べたこの味を懐かしく思う日も来るのだろうか。

賢一は朝から気まずい空気にしない為に、意識していつも通りに振る舞ったに違いない。賢一の優しさに感謝し、朔実は改めて自分を戒め、覚悟を決めた。今日、家に帰ったら、賢一が昨夜の話を再び持ち出してくる可能性は高い。自分にはもう、賢一を引き留める権利はない。あんな真似をした自分を正当化する言葉など、ないのだから。

賢一が出て行ってしまったら、自分はどうなるのだろう。全く想像出来なくて、朔実は荒野の中に放り出されたような心持ちでいた。水もなく、食料もなく、自分が歩いているのが道がどうかさえも分からない、果てのない荒野だ。

大学院に進んだのも、博士課程に残ったのも、全ては賢一との暮らしを失くしたくなかったからだった。賢一がいなくなってしまったら…どうしたらいいのか。以前、母を亡くした時はあの家を離れたくない気持ちでいっぱいだったが、今は賢一のいない部屋になど、帰りたくないと思う。

負担になりたくないと言う賢一が、自分の為を思って「自由」を与えようとしているのは分かる。しかし、賢一は思い違いをしている。今の自分は賢一なしではあり得なかった。賢一がいてくれるから、彼が誇れるような存在でいたいという強い思いがあったから、色んなことも頑張って来られた。

家に帰るのが怖かったけれど、賢一を心配させるわけにはいかなかった。いつも通り…朝、賢一がそう振る舞ってくれたように…六時過ぎに大学を出て、家路についた。マンションの階段を上がって、六階に辿り着く。玄関のドアを開けると、ミシンの音が聞こえ、朔実は深い溜め息を吐き出した。

「……」

じわりと涙が滲んできそうな気がして、もう一度、大きく息を吐き出す。深呼吸で気持ちを落ち着けると、玄関の鍵をかけ靴を脱いだ。自室に荷物を置いてから、居間に入り、和室を覗いて仕事をしている賢一に「ただいま」と声をかけた。

朔実の声に驚いたような顔を上げた賢一は、「お帰り」と言ってから、時計を見て目を丸くした。

「…もうこんな時間？　しまった…夕ご飯の支度、まだなんだよ」

「俺が何か作るよ。米は？」

「ご飯は炊けてると思う。ごめんね、朔実くん」

申し訳なさそうな賢一に謝らなくてもいいと返し、忙しかったのかと聞く。賢一は凝っているらしい右肩をくるくる回しながら、急ぎの仕事が入ったせいで、昼もまともに食べていないのだと嘆いた。

「なんか、また辰巳さんの店が取材を受けるみたいで…モデルさんに着せるシャツが欲しいって言われてね」

「じゃ、また忙しくなるってこと？　これ以上、仕事を増やすのは無理なんじゃない？」

「分かってるよ。今回は衣装としての提供だけだから」

今受けている注文だけでも精一杯なのを知っている朔実に心配された賢一は、慌てたように説明する。その様子は普通で、朔実もごく自然にやりとりが出来たのにほっとし、冷蔵庫を覗いた。野菜炒めでもいいかと聞くと、賢一は何でもいいと答える。

「作って貰えるだけで有り難いよ」

「弁当が必要なのはおじさんの方かもね」

「ああ、そうだね。明日から作ろうかな」

朝にまとめて作れば、昼にそれを食べるだけでいいねと真面目な顔で話す賢一に苦笑し、朔実は野菜室からキャベツやたまねぎ、ピーマンといった食材を取り出した。野菜炒めを作る準備をしながら、賢一が明日と口にしたことについて考える。昨夜、出て行くと言った賢一から、改めてその話をされるかもしれないと覚悟して帰って来たけれど、何気ない会話にそれらしい緊張感はない。

賢一が「明日から」と言ったのは、話の流れ的なもので、出て行くという話は違った形で出るのだろうか。恐れと覚悟を胸に、朔実は野菜炒めと味噌汁を作り、夕飯の支度を整えて賢一を呼んだ。

「ごめん。本当に任せっきりで。あ、俺、先にお風呂を洗って来るよ」

「そっちもやったよ」

「えっ…いつの間に？」

ごめん…と繰り返す賢一に、いいから座るようにと勧め、二人で向かい合って手を合わせた。何でもないソース味の野菜炒めを美味しいと言い、賢一は嬉しそうに食べた。過剰なおしゃべりも、沈黙もない、いつも通りの食事はごく普通に終わり、用意をして貰ったのだからと言って、賢一は片付けを買って出た。

「朔実くんはお風呂に入って来なよ」

「じゃ、そうしようかな」

そもそも二人分の食器だから、大した量の洗い物でもない。朔実は賢一に片付けを任せ、先に風呂に入った。汗を流して湯に浸《つ》かり、居間に戻ると、賢一は再び和室で仕事をしていた。いつもならいい加減にするように忠告するところだけれど、急ぎの仕事だと聞いている。朔実は邪魔しないようにソファに寝そべり、読みかけの本を開いた。

「……」

ソファに横になっていると賢一の姿は見えないけれど、気配は感じられる。ミシンの音はしなくても、賢一が何をしているのかは、長年の経験で大体分かるようになっていた。布地を切っている、チャコペンであたりをつけている、針で縫っている…。真剣な顔つきで仕事をしている様子を想像しながら、朔実は賢一は何を考えているのだろうと想像した。

今日は忙しいから何も言わないつもりなのだろうか。仕事が落ち着いたら、切り出すつもりなのだろうか。それはいつなのだろう。明日？　来週？　来月？　未来を恐れながらも、全ては自分のせいだと諦め、朔実は読んでいた本を胸に伏せ、ゆっくり目を閉じた。

引っ越し先が見つかったから出て行くよ。賢一がいつそんな台詞を口にするのかと恐れながら朔実は日々を送っていたが、一週間が過ぎても、一月《ひとつき》が過ぎても、賢一は出て行くとは言わなかった。そして、いつしか夏も終わり、秋になる頃には朔実も、賢一が考えを変えたのだと思うようになった。

あの時…、朔実が犯してしまった罪について賢一は決して触れず、それと同じくして、留学のことも、出て行くと告げたことも、全てなかったことにしてしまったようだった。だから、朔実もあの日気付いてしまった想いをそれまでよりもより深い場所に閉じ込めて、二度と愚かな真似はしないと密やかな誓いを立てた。

　繰り返される日々はそれまでと変わらず穏やかで、何の変哲もない平々凡々としたものだった。家に帰れば賢一がいて、お帰りと言ってくれる。それだけでしあわせに思える暮らしが永遠に続けばいいと願いながらも、賢一に纏《まと》わりつく過去の影を、朔実は消し去れないでいた。

5

　朔実くん…と呼ぶ声に気付いてはいたけれど、深く眠っていた朔実はなかなか目を開けることが出来ないでいた。朔実くん。少し声の調子が強まったのを感じ、朔実は目を閉じたまま「ん？」と聞く。

「こんなところで寝てると風邪ひくよ」

「…ん……」

「もう。仕方ないな」

　溜め息交じりに呟いた賢一の気配が傍から消え、諦めたのかと思ったが、間もなくして毛布がかけられる。ソファで本を読んでいた朔実はいつしか眠ってしまっていた。賢一がかけてくれた毛布を暖かく感じ、身体が冷えていたのを知る。有り難く思いながら毛布を引き寄せると、身体の横に置いていた本が床に落ち、賢一がそれを取り上げた。

「落ちたよ。……また英語の本？」

「…息抜き」

「英語の本がどうして息抜きになるのか、俺にはさっぱり分からないよ」

呆れた声で言う賢一を薄目を開けて見ると、怪訝そうな顔つきで手にした本を見ていた。中身は推理小説だからと朔実が説明するのに、賢一は肩を竦める。

「だとしても英語じゃないか。…それより、晩ご飯、何が食べたい？」

「……俺が作るからいいよ。おじさんは仕事してて」

賢一と話している内に目が覚めてしまい、朔実は横向きの体勢になって肘をついた。掌で頭を支え、居間の時計を見て声を上げる。

「もうこんな時間か。買い物、行って来る」

「忙しそうにしてたけど、落ち着いたの？」

「うん。後は審査結果を待つだけ」

博士課程も最終年を迎え、朔実は博士号取得の為に忙しい毎日を送っていた。予備審査を終えた後も、公聴会や本審査へ向けての準備などで気の休まる時がないほどだった。それも昨日でようやく終わり、来週の合否判定を待つのみとなっている。

「合格発表みたいなもの？」

「そうだね」

「だったら、お祝いしなきゃね」

嬉しそうに笑う賢一を見て、朔実は「気が早いんじゃない？」と言って苦笑した。合否が出る前に余計なことを言ってしまったのかと、賢一は表情を曇らせる。

「もしかして…落ちることもあるわけ？　でも、朔実くんは今までどんな試験も落ちたことないんだし…」

「おじさんは俺を買いかぶり過ぎだよ」

「もしかして…」

自信がないのかと聞く賢一に、朔実は笑って首を振る。たぶん、大丈夫だけどねという朔実の答えを聞き、賢一は怪訝そうに眉を顰めた。

「だったら、喜んでもいいいんじゃないか」

「ぬか喜びさせてもいけないと思って」

「それに四月からも中田先生のところにいられることになってるんだから、尚更大丈夫だって」

博士号が取得出来なくても、朔実はオーバードクターとして大学に残るつもりはなかった。これ以上、賢一に迷惑をかけられないという強い思いがあり、就職先を探していたところ、学部生時代から世話になっている中田研究室で、助教として雇って貰えることになったのだ。自宅から通える範囲を絶対条件として就職先を探そうとしていた朔実にはこれ以上ない幸運だった。

お祝いは外食にする？　と聞いて来る賢一に「考えておく」と返して、朔実は立ち上がる。台所で冷蔵庫を覗き、足りない食材を買って来ると告げた。

「牛乳と卵も買って来ておいて」

「了解」

「それと、暖かくして行った方がいいよ。寒くなって来てる」

賢一の勧めに頷き、朔実は自室でダウンジャケットを着て、家を出た。外廊下に出ただけで、賢一が厚着を勧めた理由が分かる。二月も二十日近くなり、間もなく春を迎える頃だというのに、この気温では雪が降ってもおかしくない。大雪にならないといいがと思いながら、朔実は足早に階段を駆け下りた。

強い寒波の影響で…とニュースから流れる声の通り、夜になるにつれて益々気温は下がっていった。雪こそ降り始めていなかったものの、朝起きたら積もっているという可能性はある。積もったら厄介だと言う朔実に対し、賢一は子供のように楽しみだと言った。

「おじさんは家で仕事してるからいいけど、出かけなきゃいけない身の上には交通機関が麻痺《まひ》したりするから、厭なもんだよ。雪って」

「明日は出かけるの？」

「うん。若林先生にあれこれ手伝って欲しいって言われてるし…四月にボストンへ行かなきゃいけないって話してただろう。その学会の準備とか」

「落ち着いたと言っても朔実くんは忙しいね」

「おじさんだって」


家から出かけなくても、納品に追われている賢一は多忙だ。ボストンへはどれくらい行ってるのかと聞かれ、朔実は微かに眉を顰めて一週間くらいだと答えた。

「大丈夫？」

「俺の心配はいいよ。子供じゃないんだから」

「心配だよ。俺がいないと適当なものしか食べないだろう？」

バレてる？　と笑って言う賢一に悪びれた様子はなく、朔実は小さな溜め息を吐く。これまでも海外での国際学会に何度か出席しているが、これからはその頻度が増すことが予想出来て、朔実は億劫《おっくう》な気分だった。自宅から通えるだけでなく、今まで通り理解ある指導者に囲まれて、仕事として研究が出来るのは非常に有り難いけれど、頻繁に家を空けなくてはいけないのがネックだ。

「今までは出来るだけ断って来たけど、これからはそういうわけにもいかなくなるから…」

「そりゃそうだよ。社会人なんだから。あ、そうだ。社会人になるお祝いもしなきゃね！」

博士号取得と共にそれもダブルでお祝いしなきゃいけないと喜ぶ賢一に、朔実は苦笑して好きにしていいよと言う。賢一が喜ぶことなら何でもつき合える。外食だけでなく、何処か遠くまで行ってみる？と聞いた朔実に、賢一は不思議そうな顔をした。

「遠く？」

「旅行とか」

「旅行か…。したことないな」

首を傾げて思い出しながら賢一が呟くのを聞き、朔実は驚いた。確かに、一緒に暮らし始めてから、賢一が外泊した覚えはない。だが、その前にはあるんじゃないのかと尋ねる朔実に、賢一は遠い記憶を引っ張り出して、全く経験がないわけではないと言った。

「中学校の…修学旅行には行った。…小学校も」

「……」

学校での旅行に参加したくらいしか経験はないと賢一が言うのを聞き、朔実は微かに表情を曇らせる。高校の時、家出をして学校を退学したという賢一は、その後、自分の前に現れるまでの間、どんな暮らしを送っていたのだろう。長い間、疑問には思っているけれど、本人に直接聞いたことはなかった。

聞いてもはぐらかされるような気がしていたし、朔実自身、知るのが怖いと感じていた。だから、昔の話には触れず、未来について話す。

「じゃ、俺の給料が出たら、何処かに行こう」

「朔実くんが連れて行ってくれるの？」

「大した金額を貰えるわけじゃないから、知れてるんだけど」

顔を輝かせる賢一に、朔実は前もって断りを入れる。期待外れでがっかりさせてしまうといけないと思ったのだが、賢一は首を横に振って、何処でも朔実と一緒に行けるだけでいいのだと言った。

「嬉しいな。楽しみにしてる」

「……」

賢一の喜ぶ顔を見ると、社会に出るのを先延ばしにして来たのを後悔するような気持ちを抱いた。もっと早く、ちゃんと働いて賢一に恩返しをするべきだった。離れるのが怖くて子供染みた真似をしていた自分を悔い、これからは迷惑をかけた分だけ、たくさん賢一が喜ぶことをしようと決めた。


翌朝、朔実は起きてすぐに窓から外を見た。朝とは思えない暗い曇天が広がっていたが、幸い、雪は降っていない。予定を早める必要もなさそうだと思いながら居間に行くと、賢一が台所で朝食を作っていた。

「おはよう。早いね」

「雪が降ってたら早めに出ようと思ってたから。俺の分もある？」

「もちろん。朔実くん、先に食べて」

オムレツを焼いていた賢一は出来上がったばかりのものを皿に移して朔実に渡す。朔実は礼を言って受け取った皿をテーブルに置き、オーブントースターで賢一の分も合わせてパンを焼いた。

「降らなかったね」

「安心したけど、今日は降るかもしれないよ。空の色が悪い」

「確かに。朔実くん、マフラーも忘れずに。余り降って来るようなら、ダイヤが乱れる前に帰って来た方がいいかもよ」

「そうする」

気をつけて情報を仕入れるようにしておくと話しながら、朔実は賢一の作ったオムレツとトーストを食べた。予定よりも早かったが、ついでに出てしまおうと決め、食べ終わった皿をシンクに下げる。

「ごちそうさま」

「俺が一緒に片付けておくからいいよ」

「うん。行って来ます」

コーヒーを飲んでいる賢一に後を任せ、朔実は自室で上着を着てデイパックを肩にかけた。玄関へ向かい、靴を履いて出かけようとした時だ。「朔実くん」と呼ぶ賢一の声が聞こえ、振り返る。

「マフラー、忘れてるよ」

「あ」

言ったばかりなのに…と呆れ顔で呟き、賢一は朔実の首にマフラーをかける。昨年のクリスマス、賢一から贈られたカシミヤのマフラーは肌触りがよく、軽くてとても暖かい。朔実はありがとうと礼を言い、「行って来ます」と再度告げて、玄関のドアを開けた。

「行ってらっしゃい」

賢一の声に送り出されて外へ出ると、冷たい空気に身体が震える。この気温では駅に着く前にマフラーを忘れたことを後悔していたに違いない。賢一の気遣いに感謝しながら、朔実はその日の予定を考えつつ階段を下りて行った。


大学に着いた後、様々な用事を片付けている内にあっという間に昼が過ぎ、午後になると風の強さが増して来て、とうとう粉雪が舞い始めた。本格的に降り出すかどうか、博士課程の後輩と話していた時、朔実は客が来ていると告げられた。

「客ですか？」

「ああ。大森朔実さんに会いたいって。廊下にいるよ」

研究室に付属する準備室で資料を整理していた朔実を呼びに来たのは年上の講師で、ありがとうございますと礼を言って、椅子から立ち上がる。訪ねて来るような相手に心当たりはなく、不思議に思いながら研究室の外へ出ると、廊下の端に五十半ばくらいの男性が立っていた。

濃色のスーツを着ており、襟元には弁護士であることを示す、金色のバッジが光っている。弁護士に訪ねて来られる覚えは全くない。微かに眉を顰める朔実を見て会釈した男性は、「大森さんですか？」と尋ねながら近づいて来た。

「はい。俺が大森ですけど…何か？」

「突然、すみません。私、弁護士の東浦《ひがしうら》と申します」

朔実の前で立ち止まり、東浦と名乗った男は懐から名刺入れを取り出した。そこから抜き取った名刺を渡された朔実は、微かなデジャビュを覚える。こんなことが前にもあった。朧気な記憶を辿りつつ、名刺に刷られている内容を確認した。

東浦法律総合事務所。弁護士、東浦静夫《しずお》。その後に続く、事務所の所在地は富山《とやま》県となっており、朔実は益々訝しく思う。

弁護士が訪ねて来たというだけでも不思議なのに、富山なんて、縁もゆかりもない土地だ。受け取った名刺から東浦に視線を移した朔実は、どういう用件なのか尋ねる。

「…弁護士に訪ねて来られる覚えはないんですが…。

しかも、富山からいらしたんですよね？」

「はい。…あの…少々込み入った話になりますので、お時間を頂きたいのですが、今よろしいでしょうか？」

わざわざ富山から来たらしい東浦を追い返す理由もない。朔実は廊下の先にある休憩所で待っていてくれるよう東浦に頼み、準備室に一旦戻って、一緒に作業していた後輩に所用で少し抜けると伝えた。

それから再び研究室を出て休憩所に向かうと、東浦は左手に提げていたアタッシェケースとコートを脇に置き、ベンチに座っていた。自分を見て立ち上がろうとする東浦を制し、朔実はその向かい側に腰を下ろす。

「すみません、こんなところで…」

「いえ。私の方こそ、押しかけてしまい、すみません。ご自宅を訪ねたところ、こちらでお会い出来ると伺いましたので」

大学の場所を教えたのは賢一だろう。賢一は東浦から用件を聞いた上でここを教えたのだろうか。連絡は来なかったけどな…と思っていると、東浦が早速話を切り出した。

「今日、私が伺ったのは遺産相続に関する件をお伝えしたかったからなんです」

「…遺産…相続…？」

「もしかすると…大森さんはご存じではなかったのかもしれませんが、富山に大森さんの祖父母に当たられる方がいたんです。お母さん…大森柊子さんのご両親です」

「……」

東浦から伝えられた事実は朔実が驚くような内容だった。朔実は母から両親…つまり、朔実の祖父母は亡くなったと聞いていた。それが実は生きていたなんて。想像もしていなかった朔実は、呆然とした顔で東浦を見る。

母が亡くなった時、頼れる親戚などはいないのかと役場の人間に聞かれ、家の中を探したことがある。だが、祖父母に関係するような品は一切なく、富山と結びつくような物も何もなかった。今頃になって知らされた事実に驚愕しながらも、朔実は小さな声で「亡くなったんですか？」と確認した。東浦は遺産相続の件でと前置きしている。

朔実に聞かれた東浦は頷き、淡々と説明した。

「はい。祖父である大森誠一《せいいち》さんは三年前に亡くなられておりまして、この度、祖母の大森政恵《まさえ》さんが三ヶ月前に」

「……。そうですか」

正直会いたいと思ったこともない相手だ。今になって亡くなったと聞いてもこれといった感慨もなかった。実の祖父母と言っても、顔も知らない相手の訃報に複雑な表情で相槌を打つ朔実に、東浦は大森政恵から生前、遺産相続に関する相談を受けていたのだと続けた。

「大森政恵さんは娘である柊子さんに遺産を残したいと望んでおられました。柊子さんは高校卒業後、家を出たきり、音信不通だったようで、手がかりもほとんどなく、所在を探すのに苦労しました。ようやく探し当てたところ、亡くなっておられ…その息子である朔実さんに行き着いた次第です」

「母は…俺が十二の時に、突然亡くなったんです。くも膜下出血でした」

「お母さんは実家のことについては何も話しておられなかったんですか？」

「はい。両親は亡くなったと言ってましたし…富山出身だというのは一度も聞いたことがありません」

そうだったんですか…と相槌を打ち、東浦は柊子が亡くなった後は父親と暮らしていたのかと尋ねた。

朔実は小さく苦笑して首を横に振り、自分は父親の顔も知らないのだと告白する。

「母は未婚で俺を産んで…一人で育ててくれていました。父に関しても母は一切、話さなかったので、俺は未だに父の顔も、名前も知らないんです」

「では…施設などで？」

「いえ。叔父が…」

賢一の顔を思い浮かべると、母親が亡くなった時のことについて話していたせいか、ふいに昔の記憶が蘇って来た。あの日も…賢一と初めて会ったあの日も、こんな風に粉雪の舞う、寒い日だった。

「…叔父が…一緒に暮らそうと言ってくれましたので…」

「叔父？」

「お会いになったんじゃないですか？」

自宅を訪ねたという東浦は、賢一から自分が大学にいると聞いたはずだった。だから、本人に会ったのではないかと言う朔実に、東浦は微かに眉を顰め、怪訝そうな表情を浮かべる。

「あの…ご自宅におられた方ですか？　同居人か…ご友人の方では？」

「違います。叔父の…大森賢一です」

遺産相続について話しに来たという東浦にとっては、賢一も重要な人物に違いない。祖母が、亡くなった母に財産を残したいと望んでいたのだとしても、法律上、同じ子供である賢一にも権利が生じて来る。

だから、てっきり賢一にも遺産相続の話をしたのだと思っていた朔実は、不思議に思いながらその名前を口にした。しかし、「大森賢一」と聞いた東浦は益々訝しげな顔になり、真剣な目つきで朔実を見た。

「あの方が…大森賢一さんだと？」

「はい。母の弟で…」

「本当に……、本当に、大森賢一さんなんですか？」

重ねて確認して来る東浦の様子が普通ではないように思え、朔実は戸惑いながら頷く。だが、よく考えれば、高校の頃に家出したという賢一も柊子と同じく、音信不通だったに違いない。実際、賢一は富山という地名や、祖父母について一度も触れなかった。朔実自身、祖父母は死んだものとばかり思っていたので、賢一に尋ねたこともない。

柊子と同じく、行方不明だった賢一が、東京で自分と一緒に暮らしていたという事実は、東浦にとって驚くべきことなのだろう。もしくは、東浦は賢一を捜しながら見つけられていなかったのか。

「もしかして、おじさんのことも捜してたんですか？」

「……。いえ…。…私は…大森賢一さんは亡くなったはずだと聞いてるんです」

「……」

東浦が困惑を浮かべて告げた内容は朔実をどきりとさせるようなものだった。どうしてそんな話になっているのか。訝しく思い、朔実は眉を顰めて東浦の発言を確認する。

「亡くなった…はずというのは…、どういう意味ですか？」

家出した賢一を諦め、亡くなったものとして扱って来たという意味なのだろうか。朔実は自分の知っている事実に合うような推測を立ててみたけれど、東浦の説明はそれを裏付けてはくれなかった。

「確かに…柊子さんには賢一さんという弟さんがいたようです。しかし、彼は高校二年の夏、突然いなくなり、その後、近くのダムで靴と洋服が発見されました。恐らく、自殺したのだろうと思われたのですが、遺体が見つからず、遺書などもなかった為、そうと断定も出来なかったんです。その後も賢一さんの行方に関する手がかりなどはなく、大森家では亡くなったはずだと…考えられて来たんです」

「……」

だとしたら…賢一は家出する際に、狂言自殺をしていたことになる。しかし、あの穏やかな賢一がそんな騒動を起こすとも思えず、朔実は何も言えなかった。沈黙する朔実に、東浦は「ですから」と低い声で続けた。

「もしも…本当に大森賢一さんなのだとしたら…、大変なことなんです。…いえ、大変というのは私の方の問題でもありまして…。その、大森家の相続人は朔実さんお一人として進めて来ていますので…」

色々変更しなくてはならない…と言う東浦は手続き上の問題で頭がいっぱいになりつつあるように見えた。そんな彼を見ながら、朔実は少し落ち着きを取り戻し、賢一と会った時に遺産相続の件については話さなかったのかと東浦に尋ねる。

東浦は俯かせていた顔を上げ、賢一の様子を思い出しているかのように、少し考えてから「いえ」と答えた。

「朔実さんに会いたいと伝えましたら、用件を聞かれましたので、お話ししました。…でも…何も仰《おっしゃ》ってなかったんですが…」

「……」

それだけ、富山での思い出は賢一にとって厭なものなのかもしれない。今まで一切、祖父母の存在を口にしなかったのも、狂言自殺をして家を出なくてはいけなかったほど、追い詰められた過去があったからなのか。恐らく、遺産相続の権利も賢一は放棄するに違いないと考えながら、朔実は賢一から事情を聞いて、今後について話し合ってみるので、その後もう一度会えないかと東浦に頼んだ。

東浦は頷き、自分にとってもその方が好都合だと返す。

「大森賢一さんにも当然、遺産相続の権利は発生しますので…こちらとしても是非お会いして話し合いたいんです」

「東浦さんは何時に帰られるんですか？」

「いえ、私は他の所用もありますので、しばらく東京に滞在する予定なんです。明日でも結構なので、先ほどお渡しした名刺の携帯番号に連絡頂ければ、有り難いのですが」

「分かりました」

一応、自分の連絡先も知らせておくと言い、朔実は東浦に携帯の番号を教えた。東浦は急に訪ねたことを詫び、礼を言いながら立ち上がる。

「お時間頂き、ありがとうございました」

「こちらこそ、遠方まですみません」

「仕事ですから。…でも、柊子さんと賢一さんは実家とは疎遠にされていても、助け合われていたんですね」

廊下を出口へ向かって歩きながら、東浦は感慨深げに姉弟の絆《きずな》について話した。柊子の死後、朔実の面倒を賢一が見て来たのを、感心しているようだった。

「賢一さんはまだお若かったでしょう」

「ええ。今の俺よりも…。叔父には本当に感謝しています」

心からの気持ちを口にする朔実に、東浦は微笑み、建物を出るところで一度立ち止まって頭を下げた。粉雪が降り続く中でも寒がる素振りも見せずに平然と帰って行く東浦を見送りながら、彼が雪深い地から来たのを思い出す。富山に降る雪はこんな程度のものではないのだろう。真っ白な雪景色を思い浮かべ、そこに立つ賢一の姿を想像した。

準備室での作業に戻った朔実はいつも通り、夕方まで大学で過ごしてから帰途についた。東浦がもたらした話は驚くような内容だったが、飛んで帰って賢一と相談しなくてはいけないほどの急用ではない。東浦も明日でいいと言っていたので、いつもの時間に帰っても十分に話す時間はあると考えた。

大学を出た時も雪は降り続いていたが、積もるほどではなく、道の端が僅かに白くなっている程度だった。だが、夜になって気温が下がれば積もる可能性もある。明日の方が厄介かもしれないと思いつつ、朔実は駅からの道を足早に歩いた。

朝、賢一が持たせてくれたマフラーが首元を暖めてくれるのが有り難かった。夕飯は身体が温まる鍋にでもしようか。献立を考えながら階段を上がり、六階の部屋に着く。

鍵を開けて中へ入るとミシンの音は聞こえず、部屋の奥がしんとしているように感じられた。

「……？」

いつもはミシンの音がしなくても、何かしらの気配がある。ただ、賢一が息を詰めて作業をしている時などは全く物音がしない時もあるので、朔実は靴を脱いで奥へ向かい、居間のドアを開けて声をかけた。

「ただいま…」

そう言いかけた途中で、異変に気がついた。夕方になり、部屋の中が薄暗くなっているのに明かりが点いていない。賢一は細かな作業をしているので、いつも暗くなりかけるとすぐに照明を点ける。

おかしいと感じた朔実は「おじさん？」と呼びかけながら和室を覗いた。しかし、そこに賢一の姿はなく、居間や台所にも賢一はいなかった。

「……」

厭な予感が背中をぞくりとさせる。朔実は慌てて浴室やトイレ、賢一の部屋を覗いて回った。何処かで倒れているんじゃないか。母のように…もう、息をしてないんじゃないか。そんな恐れが浮かんで、朔実は「おじさん！」と高い声で呼んで賢一を捜したのだが、その姿は何処にもない。

賢一は何処へ行ったのか。朔実が覚えている限り、帰って来て賢一がいないのは初めてのことだった。賢一はいつも、出かける用事がある時は朔実がいない間に済ませておき、帰る頃には必ず家にいた。仕事の用事も辰巳に家まで来て貰って済ませていた。お帰り。十六年の間、家に帰って来る度、聞いていた賢一の声がしないのは、朔実にとって恐怖でしかなく、どうしたらいいのか分からなかった。混乱しながらも、賢一がいない理由を必死で考える。

以前のように、出かけた先で思わぬ事故に遭ったのではないか。あの時は意識があって自分を呼べたけれど、今回は自分の連絡先を伝えることも出来ない状態なのではないか。頭に浮かんだ最悪の出来事を否定しきれず、朔実は警察に問い合わせるべきなのか悩んだ。

叔父が家にいない。子供でもなく、老人でもない人間のことを警察が何処まで真剣に取り合ってくれるかは未知数だ。今日は…家を東浦が訪ねて来たはずで、彼は午後から賢一に会っている。ということは、賢一が出かけたとすれば、その後だから…。もう少し待つべきなのかと、朔実は迷いながら、賢一が仕事場にしている和室に足を踏み入れた。

その時、何気なく見たミシンの横に、白い封筒が置かれているのを目にした。いつもは仕事関係の材料や道具くらいしか置かれていない場所なので、気になった朔実が近づいて封筒を手にすると、その表面に賢一の文字で「朔実くんへ」と書かれていた。

「……………」

それを見た時、朔実は頭の何処かで賢一がいないのは事故なんかではないと悟った。自分がもっとも恐れていた日が来たのだと気付きながらも、理解は出来なくて、息を呑んだまま硬直する。封筒に書かれた「朔実くんへ」という文字を凝視したままでいた朔実は、長い時を経て、ようやく中を見る決意を固めた。

この中身を見なくては、賢一を捜すことも出来ない。そう自分を鼓舞して、震える指先で封筒の口を開けた。糊付《のりづ》けはされておらず、簡単に開いた封筒の中には、同じような白い便箋が一枚、入っていた。四つ折りにされていたそれを開くと、賢一の文字で、再び「朔実くんへ」と書かれていた。

「……」

朔実くんへ
突然、出て行くことになり、すみません。こんなことになるのなら、もっと早くにここを出ていればよかったと思うのですが、無理でした。朔実くんとの生活は本当に楽しくて、俺には捨てられませんでした。
朔実くんは賢いから、きっと全てを知ってしまうと思います。長い間、嘘をついていて、本当にごめんなさい。でも、俺は心から朔実くんを大切に思っていたんです。それだけは信じてくれると嬉しいで

す。

博士号のお祝いが出来なくてごめんなさい。心残りですが、出て行くにはちょうどよかったのだとも思っています。身体に気をつけて、立派な人になって下さい。

最後に一つだけお願いがあります。

俺のことは捜さないで下さい。お願いします。


手紙はそこで終わっており、賢一という名前は見当たらなかった。封筒を見つけた瞬間に浮かんだ、賢一は自らの意志で出て行ったのだという予想が当たり、朔実は呆然としてその場に座り込んだ。どうして賢一は出て行ったのか。その理由は詳しく書かれていなかったけれど、賢一がいなくなったという事実の方が重くて、朔実はそれすらも考えることが出来なかった。

賢一が出て行ってしまった。自分は一人だ。それがただ、ひたすら恐ろしくて、朔実は震えの止まらない指先で手紙を握り締めたまま、子供のように蹲っているしか出来なかった。


どれくらいの間、そうしていたのかは分からないけれど、朔実はぶるりと自分の身体が震えたことではっとして、俯いていた顔を上げた。

「……」

部屋の中を見回せば真っ暗になっており、ひどく冷えていた。外では雪が降っているような天気なのにも関わらず、暖房をつけていないのだから当然だ。身体の震えは冷えのせいかと納得し、朔実はよろよろと立ち上がってエアコンのリモコンを探す。

居間のローテーブルの上にあったそれで暖房をつ

け、ソファに座った。握り締めたままだった手紙を開き、くしゃくしゃになった白い便箋を見つめる。暗い中で浮き上がる賢一の文字を追い、その文章から読み取れる意味を改めて考えた。

賢一が出て行ってしまったという事実に打ちのめされ、何も考えられないでいたが、幾つもの疑問が生まれている。賢一が吐いていた「嘘」とは何か。東浦が訪ねて来たその日に、賢一が出て行ったのには、どういう関係があるのか。

しばし考えた後、朔実は手紙をローテーブルの上に置いて立ち上がり、賢一の部屋へ向かった。先ほど、賢一の姿を捜して覗いた時は、出て行ってしまったとは思っていなかったので、いるかどうかを確認しただけだった。

「……」

電気を点してみると、賢一のボストンバッグがなくなっているのが分かった。それは十六年前、賢一が越して来た時に持参した荷物の一つで、いつも同じ場所に置かれていた。賢一が使っていた部屋は亡くなった母の部屋で、ベッドも箪笥も、母が生前買い求めたものだ。

賢一の趣味には合わないであろうそれらの品を、朔実は捨てて買い直すように勧めたのだが、賢一はもったいないからと言ってそのまま使っていた。母の洋服や身の回りの品々は処分したけれど、賢一の荷物は少なく、今も母の部屋だった頃の面影がそのまま残っている。

箪笥を開けて確認すると、賢一の衣類がなくなっていた。元々、賢一は荷物が少なかったから、荷造りも容易だったろう。それも、もしかすると、いつでも出て行けるように常に準備していたのかもしれないと思い、朔実は微かに眉を顰めた。

部屋の明かりを消し、仕事場として使っていた和室に移動すると、そちらは全ての作業が途中であるように見えた。恐らく、賢一は東浦が訪ねて来たことで、すぐに出て行く決心を固め、自分の日用品だけを鞄に詰めて行ったに違いない。

自分とこの部屋だけでなく、長い間、続けて来た仕事も捨てて。だが、俄《にわか》に信じがたい事実でもあって、朔実は微かな希望を抱いた。仕事道具がそのままになっているということは、いずれ戻って来るつもりがあるのではないか。賢一は随分先まで、受注を受けている。責任感の強かった賢一が、仕事を途中で投げ出すとは思えなかった。

それに別の場所で仕事をするつもりだとしたら、辰巳からその所在に辿り着ける。賢一は手紙の中で捜さないで欲しいと求めていたが、朔実は従うつもりはなかった。何としてでも賢一を捜し出し、自分の願いを伝えるつもりだった。

賢一が自分にどんな嘘を吐いていたとしても、自分は賢一と一緒に暮らしたい。賢一が自分を大切に思ってくれていたように、自分も賢一を大切に思っている。賢一がいなければ駄目になる。立派な人になんて、なれやしない。

お願いだから…一緒にいて欲しい。そんな願いを朔実は胸の中で唱え、賢一が毎日座っていた椅子に腰掛け、冷たいミシンに触れて深い溜め息を吐いた。


全ては悪い夢で、目が覚めたらいつも通りの朝を迎えられるのかもしれないという、淡い期待が起床と共に無惨に打ち砕かれる。物音のしない部屋に絶望を抱き、朔実は軋《きし》む身体を起こして朝陽が差し込む部屋を見回した。

賢一が戻って来た時の為に、自室ではなく居間のソファで夜を明かした。長身の朔実には十分とは言えない大きさのソファだから、昼寝程度ならともかく、長時間寝ていれば身体のあちこちが痛くなる。顔を顰めてソファを下り、コーヒーを飲む為に薬缶を火にかけてから、ベランダに続く掃き出し窓に近づき、外を見た。

昨日、帰宅する際に降っていた粉雪は、その後本降りの雪に変わったようで、一晩で街を真っ白く染めていた。窓から見える雪景色に小さく息を吐き、テレビをつける。一部の公共交通機関では運転見合わせなどの情報が聞かれたが、朔実の暮らすエリアではさほどの影響はないようだった。

ニュースを見ながらコーヒーを飲み、朔実は八時を過ぎたのを確認して、昨日受け取った東浦の名刺を見て電話をかけた。東浦は賢一に最後に会った人間である。会った時にどんな様子だったのかも知りたかったし、遺産相続に関して賢一と話がしたいと望んでいる東浦にも、彼がいなくなったことを伝えておかなくてはいけなかった。

それに、朔実は賢一がいなくなったことに東浦が関係しているのは間違いないと踏んでいた。電話をかけ始め、呼び出し音が何回か鳴った後、「はい」と答える東浦の声が聞こえた。

「…おはようございます。朝早くすみません。昨日、訪ねて来て貰った大森ですが…」

『おはようございます。昨日は突然すみませんでした。叔父さんと話して頂けましたか?』

「それなんですが…、ちょっと東浦さんにお話ししたいことがありまして…。ご迷惑なことを承知でお願いしたいのですが…、うちまで来ては頂けませんか?」

本来なら自分が出向くべきだと分かっていたが、留守中に賢一が帰って来たらと思うと、家を空けられなかった。積雪で足下も悪く、交通機関に乱れも出ている。それなのに申し訳ないと、重ねて恐縮する朔実に、東浦は「大丈夫です」と返事した。

『雪は慣れていますし、止まっているのは一部の区間だけのようですから。ただ…午後から約束がありますので、出来れば今から…でもよろしいでしょうか』

「俺はいつでも構いません。助かります」

東浦の返答を有り難く思いつつ、朔実は家で待っていると告げて通話を切った。その後、賢一の行方に繋がりそうな情報を探し、朔実は家の各所を探ってみた。

保険証や通帳など、貴重品を入れている引き出しからは、賢一名義の通帳と印鑑がなくなっていた。生活費に使用していた財布は残されており、保険証も置いてあった。仕事部屋に何かないかと探したが、書類めいたものは辰巳から来ている仕事関係のものだけで、個人情報に関わるような書類は一切ない。

しばらく探している内に、写真や日記、手紙など、賢一の「個人」を示すものが全くないのに気付いた朔実は、訝しい思いになった。賢一が持ち去ったのか、もしくは、元々存在していないのか。賢一がここへやって来た時、余りの荷物の少なさに驚いたことを思い出していると、部屋のチャイムが鳴った。

「……」

時間的にも東浦である可能性が高かったが、もしやという思いがあり、朔実は玄関まで駆けた。急いで鍵を外し、ドアを開けると、東浦が立っていた。息を呑む朔実に、東浦は少し驚いた顔になり、軽く頭を下げる。

「…す…みません。…こんな天気の日に……本当に申し訳ありません。どうぞ」

「うちの方に比べるとさほど大した雪ではないと思うのですが、都会は多少のことが影響するようで大変ですね」

玄関先でコートを脱ぎつつ話す東浦に頷き、朔実は棚から来客用のスリッパを出した。居間に案内された東浦は、部屋の中に賢一がいないのを見て、「お出かけですか？」と尋ねる。

朔実はその問いに微かに眉を顰め、東浦にソファへ座るよう勧めた。コートを脇に置き、腰を下ろした東浦に「実は」と切り出した。

「…昨夜、俺が帰宅したら…この手紙があって…」

東浦に賢一の手紙を見せるかどうかは悩んだのだが、賢一がいなくなった理由も分からない状況ではうまく説明出来る自信がなく、そうした方がいいと判断した。朔実が握り締めたせいでくしゃくしゃと皺になった便箋を東浦は受け取り、さっと目を通した後、怪訝な表情で朔実を見た。

「…これは…どういう意味ですか？」

「分かりません…。ただ、おじさんが…いなくなってしまったのは確かなんです。たぶん、昨日、東浦さんが訪ねて来た後にこれを書いて出て行ったと思うんですが…。おじさんの様子におかしなところとか…ありませんでしたか？」

朔実に尋ねられた東浦は手にしたままの便箋に目を落とし、しばし沈黙した。一度、口を開きかけたものの、首を傾げて、腕組みをする。そんな様子を朔実が窺うように見ているのに気付き、東浦は慌てて「すみません」と詫びた。

「いや……まず、昨日の話をしましょう。…昨日は…午後二時頃、こちらに伺いました。大森さんがいらっしゃるかどうか、分からなかったのですが、自宅の確認も含めて訪ねて来たんです。チャイムを押して、間もなく出て来たのが……賢一さん…なんですよね。線の細い…優しい顔立ちの…」

「はい。おじさんです」

「…賢一さんに…名刺をお渡しして、朔実さんに会いたいと申し入れました。…思えば…あの時…賢一さんは私の名刺を見て、表情を硬くされたような気がします。その後…私が大森家の遺産相続の件で朔実さんとお話ししたいと説明しましたら、朔実さんはここにはいないので、大学の方へ行って欲しいと言われたんです」

東浦の説明は昨日聞いたものとほぼ変わりはない。初対面の東浦に賢一の様子が普段と違っていたかどうかを聞いても無理な話だろう。ただ、賢一が名刺を見て表情を硬くしたような気がするというのは、富山という地名を見たからではないかという考えが浮かんだ。

「…もしかして…おじさんは逃げ出したくなるほど、厭な思い出が富山にあったんでしょうか？　狂言自殺騒ぎを起こしていたというのも…俺が知ってるおじさんからはほど遠い話なんです。おじさんは優しくて…穏やかで、何があっても人に迷惑をかけるような人じゃありません。なのに、そんな騒ぎを起こしてしまうほど…追い詰められるような事件があったとすれば…、東浦さんが訪ねて来たことがきっかけで、過去のことを思い出してパニックになったりしたんじゃ…」

賢一が姿を消さなくてはいけない必要は全くないが、厭な思い出が蘇り、動揺したという可能性はある。それが自分に知られたくないほどの過去だとしたら…。朔実は眉を顰め、賢一が家出した理由を聞いていないかと、東浦に尋ねた。

東浦は難しげな顔つきで首を横に振り、家出の理由は分からないが、気になっていることがあるのだと朔実に告げた。

「気になっていること…？」

東浦の言葉を繰り返した朔実は、先ほど、彼が何やら言いたげにしていたのを思い出す。表情を曇らせている朔実を見ながら、東浦は足下に置いたアタッシェケースに手を伸ばした。

「昨日、大森さんにお会いした後、富山に連絡を入れて、大森賢一さんの写真を探して貰ったんです。…というのも、亡くなった大森政恵さんとお話しした際、賢一さんについて話されていたことを思い出して、少々疑問を抱きまして…」

疑問と口にする東浦を、朔実は無言で見つめる。

東浦はアタッシェケースからタブレットを取り出しつつ、話を続けた。

「政恵さんは確か…賢一さんは背が高かったと仰ってたんです。ですが、昨日、お会いした賢一さんは…私と変わらないような身長に見えました。そうですよね？」

東浦に確認された朔実は頷き、百七十センチくらいだったはずだと答える。初めて会った時、朔実は既に賢一と同じくらいの背で、その後、あっという間に追い抜いた。東浦は、人によって身長の印象というのは違うものだが、少なくとも、自分は背が高いですねと言われたことはないと説明した。

「大森さんくらいの身長じゃないと、背が高いとは言わないような気がするんです。八十を超えてらっしゃるでしょう？」

「はい…」

「…それで…うちの事務所の人間に、大森家で賢一さんの写真を探して来て貰ったんです。賢一さんが失踪した辺りの写真はなかったようで…一番近いものは、高校の入学式に撮った写真でした。それが……これなんです」

東浦は膝の上に置いていたタブレットを操作し、出した画像を朔実に見せる。それを見た朔実は即座に眉間の皺を深くし、息を呑んだ。

「………」

満開の桜の木をバックに、入学式と書かれた看板を挟んで、制服姿の少年と、着物姿の女性が写っていた。着物姿の女性は母に似た面立ちをしており、それが祖母の政恵であるのはすぐに分かった。ということは…隣に立つのが「賢一」であるのだが…。

学生服を着て立っている少年は、どう見ても「賢一」ではなかった。東浦が政恵から聞いていた通り、背が高いというだけではなく、面影も体格も全く違っていた。あり得ない。これは誰だ？　怪訝な思いでいっぱいで、朔実は困惑した顔を東浦に向ける。

「こ…れは……？」

「大森賢一さんと、政恵さんです」

「ち…がいます。これは…おじさんじゃない」

首を振って否定する朔実を、東浦は小さく息を吐いて見つめる。それから、「そうなんです」と低い声で相槌を打った。

「私もこれが送られて来た時、間違いではないかと思い、富山に連絡を取って確認して貰いました。昨日、ここでお会いした賢一さんとは…身長だけではなく、何もかもが違い過ぎている。二十五年近くが経っているとしても、あり得ない変化です。しかし、富山からはこれは賢一さんの写真で間違いないという返事があったんです」

「……」

「ですから…、こちらで賢一さんにお会いして事情を伺いたいと思っていたのですが…」

賢一に違いないとされる写真を凝視したまま、朔実は瞬きも出来ないでいた。これはどういうことなのだろう。そんな疑問に対し、答えとして浮上するのは、賢一の手紙にあった「嘘」という言葉だ。

立っていた朔実はふいに目眩《めまい》を覚え、ふらふらとダイニングの椅子に座り込んだ。激しく動揺しているのは東浦にも伝わり、「大丈夫ですか?」と声をかけられる。朔実は弱々しく頷き、ソファの方へ向き直った。

「……それが…大森賢一なら、俺のおじさんは……大森賢一ではない…ということですか?」

低い声で聞く朔実に、東浦は首を捻《ひね》って「分かりません」と答える。ただ、その可能性は高いだろうとつけ加えた。

「顔を整形することは可能ですが、身長を縮めることまでは出来ません。この写真から推測すると、高校入学当時に賢一さんの身長は百八十センチを超えていたようです。それは政恵さんのお話とも合っていますので…」

「じゃ、俺のおじさんは……」

誰なのか…と聞こうとした朔実は、東浦が困った顔でいるのに気付き、口を閉じた。自分以上に東浦は困惑しているに違いない。何が何だか分からず、項垂れて考え込む朔実に、東浦は賢一と一緒に暮らすことになった経緯を尋ねた。

「お母さんの生前から、賢一さんとはつき合いがあったんですか?」

「…いえ。母が亡くなった後、身寄りのない俺が施設に入れられようとしてた時に…弁護士がやって来たんです。…平野さんという人で、その人が俺には叔父がいると教えてくれて…、それでその人を通じておじさんに…初めて会ったんです」

賢一と初めて会った古い喫茶店はもう店を閉じてしまった。無理をしてコーヒーを頼んだ思い出が頭に浮かび、朔実は深く息を吐き出す。朔実から弁護士の存在を聞いた東浦はさっと表情を変えた。

「その平野という弁護士のフルネームは分かりませんか？　弁護士であれば、連絡を取って事情を聞くことが出来ます」

東浦の提案はなるほどと思うもので、朔実は平野から名刺を貰っていたのを思い出す。ちょっと待って下さいと言い、自室に向かった朔実は、机の引き出しからかつて平野に貰った名刺を探し出した。平野に連絡するようなことはないと思っていたが、何となく捨てられずに仕舞っておいたのだ。

「ありました。これなんですが…」

居間に戻った朔実が差し出した名刺を受け取った東浦は、調べてみるので少し借りてもいいかと聞く。朔実は頷き、続けて尋ねて来る東浦に答えた。

「では…亡くなったお母さんが生きている時に、賢一さんと交流があったわけじゃないんですね？」

「はい。昨日、東浦さんがそのようなことを言われた時に…敢えて説明はしなかったんですが、俺は母から叔父がいるという話を一度も聞いたことがなかったんです。母は両親も亡くなったと言っていたので…」

「賢一さんの方は…富山に両親がいるような話をしなかったんですか？」

「一度も。俺も祖父母は死んだと思っていたので、おじさんが何も言わないのを不思議には思いませんでした。それに…おじさんは高校の頃家出して、実家や、姉である母とも疎遠にして来たと言っていたので…。おじさんが俺の存在を知ったのも、偶々、東京で母の姿を見かけて、ここに住んでいることを知り、いつか会いたいと思って様子を見ていたと…話していました。母の死を知ったおじさんは…施設に引き取られようとしていた俺を…可哀想に思って、一緒に暮らそうと言ってくれたんだと思っていました…」

「では…ここは元々、大森さんとお母さんが暮らしていた部屋で…お母さんが亡くなった後に、賢一さんがここに来たんですね？」

「はい。おじさんは別に部屋を借りてもいいと言ってくれたんですが、俺はここを離れたくなかったので…」

なるほど…と頷き、東浦は賢一はどういう仕事をしていたのかと聞く。朔実は東浦の座るソファの向こうにある和室を指し、賢一は家でオーダーメイドのシャツを作って生計を立てていたのだと説明した。

「おじさんのシャツは人気で…何年も先まで注文が埋まっているほどなんです」

「では、賢一さんは自宅で仕事をしながら朔実さんと暮らしていたんですか？」

頷いた朔実は、だから、賢一はいつでも家にいたのだと話した。この十六年間、遠出をしたり、外泊したりすることもなく、毎日家にいて「お帰り」と迎えてくれた。賢一の声がしなかったのは昨日が初めてだった。味わったばかりの絶望感が蘇って来るようで、眉を顰めた朔実に、東浦は生活費は全て賢一が出していたのかと確認する。

「だと思います。母が亡くなった時に…通帳に残っていたお金と、僅かですが、下りて来た保険金は学費に使っていたはずです。俺は大学院の博士課程まで進んでしまったので…それではとても足りなかったと思うんですが…」

「では、それ以外のお金は全て賢一さんが？」

「はい。全ておじさんに任せていました」

なるほど…と頷き、東浦は続けて、シャツの受注や販売などはどのように行っていたのかと尋ねた。

「青山でセレクトショップを経営している辰巳さんという方がいて、その方が注文を受けて採寸して…おじさんに連絡が入るんです。おじさんはそれにあわせてシャツを作り、辰巳さんに納品していました。辰巳さんは時々、打ち合わせの為にうちへ来たりもします」

「では…その方が賢一さんの行方をご存じかもしれませんね。何年も先まで注文が入っているなら、その仕事をこなす為にも、連絡を取る必要があるでしょう」

東浦の指摘に朔実は大きく頷く。朔実自身、東浦と同じように考え、後で辰巳に連絡を取ろうと考えていた。

「俺もそう思っています。おじさんは責任感が強いし、…注文を受けた仕事を投げ出すような人じゃありませんから…。それに…仕事場はそのままなので、帰って来るかもしれないと思ってるんです」

「では、賢一さんの行方が分かったり、戻って来られたりしたら、私にも連絡を頂けますか。賢一さんが本当に…『大森賢一』さんであるのか、私は確かめなくてはいけませんので」

大森家の遺産相続を任されている東浦には責任がある。頷く朔実に、東浦は賢一が見つかった後に、朔実に対しても遺産相続の詳細について話がしたいと続けた。

「それから…私はこの平野という弁護士に連絡を取って、経緯を聞いてみます。賢一さんのことも何か分かるかもしれません」

「お願いします」

朔実が頭を下げて頼むと、東浦は手にしていたタブレットを仕舞い、暇《いとま》を告げた。玄関まで見送りに出て来た朔実に、靴を履きながら、独り言のように呟く。

「…あの方が…大森賢一さんでないとしたら……誰なんでしょうね」

「……」

それは朔実も抱いていた疑問で、無言で東浦の背中を見つめる。靴を履いて玄関のドアを開けた東浦は、朔実を振り返って深くお辞儀をすると、また連絡すると言い残して去って行った。ドアが閉まると外からの冷気が入り込んで来て、改めて雪が積もるような寒さであるのが実感出来る。朔実は薄暗い玄関先に立ち尽くし、いつも聞こえていたミシンの音を慕って耳を澄ませた。


東浦が帰った後、すぐに辰巳に連絡を取ろうかと考えたが、朔実はセレクトショップの電話番号しか知らず、店が開くのは十一時だった。それまで待つ間に、再度賢一が残した荷物に行方に繋がる手がかりはないか探してみたが、何も見つからなかった。

十一時になるとすぐに朔実は辰巳のセレクトショップに電話をかけた。応対に出た店員に辰巳はまだ来ていないと言われ落胆したものの、出て来たら電話を欲しいと頼んだ。賢一の件だと伝えると、店員は誰なのかすぐに分かったようで、快く了承して通話を切った。

辰巳から電話がかかって来たのはそれから三十分ほど後のことだ。賢一について尋ねようと、鳴り始めた電話をすぐに取った朔実に、辰巳は開口一番、怪訝そうな声で尋ねた。

『朔実くん？　どういうことなの？』

「どういうことって…」

いつも礼儀正しい辰巳が挨拶もせずに尋ねて来るのを不審に思いながらも、朔実は厭な予感を抱いていた。賢一が仕事をやめるはずがないと思い、辰巳には連絡を取るに違いないと考えていたのだが…。辰巳
『今、店に来たら、大森さんから手紙が来てたの。仕事が出来なくなったたって…書いてあるんだけど。何かあったの？』

「……」

賢一が辰巳にも手紙を残していったと知り、朔実は望みが消えたような気分になった。声が出せないでいる朔実に、辰巳が「朔実くん？」と呼びかける。心配そうな声音を聞き、朔実は意識して息を吐いてから、辰巳に事情を打ち明けた。

「…昨夜、俺が帰って来たら、おじさんが…いなくなってたんです。なので、辰巳さんが行方をご存じゃないかと思って…電話させて貰ったんですが…」

『いなくなってたって…どういうこと？』

「手紙があって…捜さないで欲しいと……」

『そんな……。どうして……』

辰巳はかなり動揺している様子だったが、電話で話していてもらちが明かないので、訪ねてもいいかと朔実に聞いた。朔実にとっても好都合な話で、二つ返事で了承する。ただ、辰巳はいつも車で来るので、雪は大丈夫なのかと気遣った。

『うちから店までは比較的よかったんだけど、そっちはどう？』

「部屋から見る限りでは…車も動いてるようですが…」

状況が分からないので、タクシーを捕まえると言う辰巳にその方がいいと勧め、朔実は電話を切った。辰巳が訪ねて来たのは一時を過ぎた頃で、雪のせいでタクシーが捕まらず、結局、自分の車で来たのだと言った。

「大丈夫でしたか？」

「ええ。幹線道路は完全に溶けていたし…歩道を歩くよりずっとマシよ。それより、どうして大森さんが…」

玄関先でブーツを脱ぎながら外の状況を説明しつつも、辰巳は賢一について話し、眉を顰める。朔実は奥へ入るよう勧め、賢一がいなくなってしまうような兆候などは全くなかったと話した。

辰巳が賢一のことを何処まで知っているか、朔実は分かっていなかったので、東浦のことについては話さないでおこうと考えた。賢一が「大森賢一」ではないかもしれないという、疑惑が持ち上がっている。後々のことも考え、仕事相手である辰巳に余計な話はするべきではないと思った。

「喧嘩でもしたの？」

「いいえ」

「そうよね…。朔実くんと大森さんじゃ、喧嘩にもならないもの…。私も考えてみたんだけど、大森さんがいなくなるような理由に全く心当たりがないのよ」

憂いを浮かべた表情で首を捻る辰巳に、東浦や富山のことについて黙っているのは良心が咎《とが》めた。しかし、賢一が帰って来た時の為だと自分に言い聞かせ、朔実は仕事部屋である和室を指し示した。

「仕事部屋はこの通りで…、おじさんが仕事をやめるとも思えなくて、辰巳さんには連絡を取るのかもしれないと思ったんですが…」

朔実の言葉を聞いた辰巳は溜め息を吐き、鞄から封筒を取り出した。朔実に残されたのと同じもので、速達として投函《とうかん》されていた。中を見てもいいかと聞く朔実に辰巳は頷く。便箋も同じで、賢一は朔実宛の手紙と辰巳宛のそれを続けて書いたのだろうと想像出来た。

「……」

辰巳さん

長い間、お世話になったのに、こんな形でご迷惑をかけることになってしまい、すみません。事情があって、これ以上シャツを作ることが出来なくなってしまいました。申し訳ないのですが、この前の納品分で仕事を終わらせて下さい。残りの受注分は断って頂けたらと思います。

辰巳さんには最後まで世話をかけ、本当に心苦しく思っています。すみません。今までありがとうございました。

辰巳への手紙にも賢一という名前は見当たらなかった。その共通点を訝しく思いながら、朔実は読み終えた便箋を畳んで封筒に仕舞う。和室に入って、部屋の中を見回していた辰巳は、賢一が作業机として使っていた平机の横に力無く座り込んだ。

「何もかも途中で…突然、出て行くのを決めたように見えるんだけど…。一体、何があったのかしら…」

「……。辰巳さんとおじさんは…どうして一緒に仕事をするようになったんですか？」

賢一と一緒に暮らし始めてしばらくしてから、朔実は辰巳を仕事相手として紹介された。当時は子供だったし、賢一と辰巳の関係はとても良好だったから、二人がどういう間柄であるのかを考えたこともなかった。改めて尋ねる朔実に、辰巳は賢一との出会いを語る。

「十年…十五年以上前になるのかしら。私と同じような店を経営してた知り合いが素敵なシャツを着ててね。何処で買ったのか聞いたら、若い男の子が作ってて、店で売ってくれないかって持ち込んで来たって話だったの。彼女の店はちょっと路線が違ってて、扱おうかどうか悩んでるって言うから、私が紹介して貰ったの」

「それが…おじさんだったんですか」

「ええ。うちで見本を置いて、セミオーダーメイドみたいな感じで注文を取り始めたら、あっという間に人気が出て…。大森さんが忙しくしていたのは朔実くんも知ってるでしょう？」

「はい」

「大森さんの仕事は確かで…人気もあって、この先も間違いなく注文が絶えないような人だったのよ。なのに、どうしていなくなったり…。大森さんはこの仕事が本当に好きだと思っていたのに」

「……」

　辰巳の言う通り、朔実も賢一がどれほど自分の仕事を好きでいたかは知っていた。どんなに忙しくても楽しそうに、いつも丁寧に仕事に向き合っていた。たぶん、こんな風に一生の仕事を手放してしまったのは、賢一の本意ではないに違いない。

　朔実はぎゅっと拳を握り、自分が賢一を捜し出すので、しばらく待ってくれないかと辰巳に頼んだ。

「…おじさんが何を考えていなくなったのかは分かりませんが…、仕事をやめたいわけじゃないと思うんです。俺が捜し出して…話を聞いてみますから。注文を断らずに待っててはくれませんか？」

「分かったわ。注文を受けてるお客様はいつでもいいから、大森さんのシャツが欲しいと言うような方ばかりだから、待って下さると思う。私も…大森さんの負担にならない程度でいいから…仕事を続けて欲しいのよ」

賢一が見つかったら私も話がしたいという辰巳に、朔実はまた連絡すると約束した。帰って行く辰巳を見送り、一人になると深い溜め息を零す。自分が賢一を捜し出すと辰巳には言ったけれど、行き先に心当たりは全くない。何処をどうやって捜せばいいのか、全く見当がつかなかった。


その晩も賢一は帰って来ず、一人きりの部屋のソファで朔実は目を覚ました。前日の悪天候が嘘のように朝から晴れていたが、朔実はその日も出かけるつもりはなかった。大学には事情があってしばらく顔を出せないと連絡を入れた。幸い、審査待ちの身の上である朔実には雑用が残っている程度で、どうしても出かけなくてはいけないような用事は四月まてなかった。

賢一がひょっこり帰って来るかもしれないという、僅かな望みを抱きながら、その日も一日家にいた朔実は、夕方になって東浦からの電話を受けた。朔実も辰巳の話を伝える為に夜になったら電話しようと考えていた。

「昨日はありがとうございました。俺も電話しようと思っていたんです」

『帰って来たんですか?』

「いえ…。おじさんの仕事相手の…辰巳さんのところにも手紙が届いていたんです」

辰巳には連絡を入れるかもしれないと考えていたのに、仕事を辞める内容の手紙を賢一は出していた。

辰巳も賢一の行方について心当たりはなかったのだと聞き、東浦は落胆した声で「そうですか」と相槌を打った。

それから真剣な調子で、朔実に電話した理由を続ける。

『昨日、大森さんからお預かりした名刺にあった…平野という弁護士を調べてみたんですが、東京弁護士会に所属していた弁護士だということが分かりました』

「…していた…？」

『ええ。平野さんは亡くなられていたんです。十六年前…ですから、大森さんが会った後、間もなくだと思います』

「……」

二度、会っただけの相手の顔は朧気にしか記憶になく、朔実は小さく息を吐いてから、「そうですか」と相槌を打った。もしかすると、平野から賢一に関する重要な情報が手に入るかもしれないと期待していただけに、残念な気持ちでいっぱいになる。それは東浦も同じようで、口惜しそうに朔実に尋ねた。

『なので、平野さんに大森賢一さんについて聞くことは出来ないのですが…。他に何か手がかりになるようなことを覚えてはいませんか？』

「…いえ。俺も…何かおじさんの行方に繋がるような情報はないか、思い出したりしてるんですけど、全くないんです。おじさんは友達もいなくて…」

そう言いかけて、朔実は賢一を知っている人間を一人、ふいに思い出した。思わず息を呑んだ朔実に、東浦が「大森さん？」と心配そうに呼びかける。

「…すみません。……俺も探してみてはいるんですが…」

心当たりを思い出したものの、引っかかるところのあった朔実は、東浦にそれを伝えられなかった。東浦は小さな異変に気付かず、賢一がいなくなってショックを受けている朔実に、思い詰めないようにと助言する。

『きっと元気でいらっしゃると思いますから。昨日の手紙からは、よくないことを考えているようには受け取れませんでしたし』

「…俺も…それはないと思っていますが…。すみません…。やはり心配で…」

『警察に届けは出されるんですか?』

東浦に聞かれた朔実は、逆にどう思うのか、意見を聞いた。現在のところ、賢一が「大森賢一」ではない可能性が高くなっている。そんな状況で警察に届けて、厄介な話になってしまったら…。そんな朔実の心配を読んだ東浦は、もう少し様子を見たらどうかと勧めた。

『大森さんの仰るように、我々が知らない事情が何かあるんだと思います。賢一さんの身に危険が迫っている状況でもないと思われますから…』

「そうですよね」

東浦の意見に頷き、朔実はまた何か思い出したり、分かったりしたら連絡すると告げた。東浦も同じように返し、通話を切る。スマホを置いた朔実は、東浦と話している途中に思い出した顔を、頭の中に再度浮かべた。

賢一には友人というものがいなかった。賢一の交友関係は狭く、知り合いと言えば、辰巳と、マンションや近隣の住民くらいだ。朔実と一緒に暮らし始める前、賢一は何処に住んで、どういう暮らしを送っていたのか、一切口にしなかった。

子供の自分と暮らし始めたせいで、以前の交友関係を捨てさせてしまったのではと、申し訳なく思ったこともある。しかし、朔実は一度だけ、自分と暮らし始める前の賢一を知っているらしき人物に会った。

賢一が怪我をして運ばれた病院に勤めていた棟方だ。棟方なら…きっと、賢一の行方に繋がる手がかりを持っているに違いない。俄に光明を得た気分になりながらも、朔実の胸には不安が湧き上がっていた。

あの時も…棟方は賢一に関する「何か」を知っているに違いないと思いつつ、それを追及しきれなかった。棟方に会った後の賢一は見たこともないほど動揺し、古い友人だという棟方の説明には嘘が混じっているような気がした。

それを知るのが怖いと思った自分は、あの頃から本能的な部分で、真実が賢一を奪うと分かっていたのだろう。だが、賢一がいなくなってしまった今、その行方を追うにはどんな内容であっても知ることが必要だ。

朔実は全てを受け入れる覚悟をし、翌日、棟方を訪ねようと決めた。

賢一が帰って来るかもしれないという僅かな望みを捨てきれず、朔実はまたしてもソファで夜を明かしたが、結局一人の朝を迎えた。賢一が自ら戻って来る可能性は低いのかもしれない。自分や辰巳に残していった手紙に、賢一は相当な覚悟を込めたのだろう。だから、尚更、自分が賢一を捜し出さなくてはいけないのだと肝に銘じ、朔実は万が一、留守中に賢一が戻って来た時の為に書き置きを残して外出した。

昼前に家を出た朔実は、棟方が勤めている病院を訪ねた。雪は前日の内にほとんど溶けてしまっており、その姿を見かけることもなかった。凍えるようだった数日前とは違い、春を感じられる暖かな空気を感じながら、正面玄関から入り、呼吸器内科を目指した。

　棟方は呼吸器内科の医師であり、以前も外来で棟方を捕まえることが出来た。棟方が自分を覚えてくれているようにと願っていた朔実だが、思わぬアクシデントに出会した。

「棟方先生は昨年、退職されましたが…」

　外来の担当医として以前はあった棟方の名前が案内から消えているのを不思議に思い、受付の事務員に尋ねてみると、病院を辞めたという返事がある。朔実は困惑し、今は何処に勤めているのか聞いたが、事務員は知りませんと首を横に振った。

　病院を訪ねれば棟方に会えると思い込んでいた朔実は困り果て、誰か知っている人はいないかと食い下がった。事務員は他の同僚にも聞いてくれたが知る人間はおらず、諦めるしかなかった。

　棟方なら賢一の行方に繋がる情報を持っているかもしれないと思ったのに。病院の建物を出た朔実は途方に暮れて、バスを待つ為のベンチに座り込んだ。棟方の他に賢一の昔を知っていると思《おぼ》しき人間はいない。賢一の前に棟方の居所を捜さなくてはいけないのかと、暗澹たる気分になったが、諦めるわけにはいかなかった。

　朔実は場所を移動し、落ち着けるコーヒーショップに入ると、タブレットで棟方の名前を検索した。何処かの病院に勤めているなら、担当医としてサイトに名前が挙がっているかもしれない。

　そんな予想を立てて棟方の居所を捜したものの、簡単には見つからなかった。棟方の下の名を覚えていなかったせいもある。苦心して辿り着いたのは、千葉《ちば》県の鴨川《かもがわ》市にある総合病院で、電話をして確かめてみると、棟方が東京の病院を退職した後から勤め始めており、恐らく本人で間違いないと思われた。

　棟方と電話で話せないかと思ったが、その日は出勤していないとのことで、朔実は翌日、直接その病院を訪ねることを決めた。棟方の診察があるのを確認し、朝から電車を乗り継いで千葉の端にある町を初めて訪れた。


　地元にある有名な水族館の宣伝が目につく駅で降り、タクシー乗り場に向かう。数台並んでいた先頭の車両に乗り込み、棟方が勤める病院の名前を告げると、年配の運転手は軽く頷いただけで車を発進させた。無口な運転手で、世間話の一つもしなかったので、どれくらいの時間がかかるのかも分からなかった。それでも朔実は気にせず、窓の外を眺めていた。

　時刻は昼近くになっており、外来の診察が終われば、棟方も時間が取れるだろうか。あの時も突然訪ねて迷惑をかけたのに…と苦笑すると、病院らしき建物が見えて来た。朔実が考えていたよりもずっと大きな規模で、地域の中核病院であるのが分かる。

　車寄せにタクシーが停まると、朔実は代金を支払い、礼を言って車を降りた。その際、何も話さなかった運転手が「お大事に」と言ってくれたのを耳にし、小さく笑って頭を下げる。年配の運転手の気遣いは的外れでも、素っ気なくても、嬉しいものだ。

　一階のロビイには受付や会計、薬局などがあり、外来患者の姿が大勢あった。朔実は案内用に作られたプレートを見て、呼吸器内科の外来を探した。東京の病院とは違い、呼吸器内科として独立しておらず、内科に含まれているようだった。

一階にある内科で聞けば分かるだろうと考え、廊下を進む。内科の待合用に設けられたベンチには所狭しと患者と家族が座っており、診察が終わりそうな気配は感じられない。受付で棟方の診察はいつ頃終わるかと尋ねると、分かりませんという答えが返って来た。

「診察後でいいので、棟方先生にお会いしたいのですが…何処で待っていれば、先生に会えますか？」

「どういうご用件ですか？」

「知り合いなんです。先生にちょっとお聞きしたいことがありまして」

知り合いと口にした朔実を事務員はあからさまに不審げな目で見た。知り合いならば個人的に連絡すればいいと考えたに違いない。朔実はそれ以上言わず、少し離れた場所から様子を窺うことにした。

内科の受付が見える場所に陣取り、診察の終わった患者たちが次々帰って行くのを見送った。座り始めて一時間以上が経ち、午後一時を過ぎた頃にはようやく人気も少なくなり始めた。それでも棟方の姿は見えず、二時になってしまう。棟方は別の出入り口から出たのだろうかと不安になり、受付で聞いてみようかと悩み始めた時だ。

受付横の出入り口から慌てたように出て来た白衣姿の男が辺りを見回す。それが棟方だと気付き、朔実が立ち上がりかけるのを向こうも見つけ、駆け寄って来た。

「すまない…、今、君の話を聞いて…」

長い間待たせてすまないと詫びる棟方が、自分のことを覚えてくれていたのに朔実はほっとする。それから、悪いのは自分の方だと非礼を詫びた。

「いえ。約束もしないで訪ねて来た俺の方が悪いので…」

「どうしたんだ?」

「おじさんのことで…」

朔実が棟方を訪ねる理由は一つしかないと、彼自身も分かっていたようだった。微かに眉を顰めて、何かあったのかと聞く。朔実は大きく息を吸い、賢一が突然いなくなってしまったのだと告げた。

「理由も分からなくて…行方に繋がるような手がかりも何もなくて…。それで…棟方さんのことを思い出したんです。棟方さんなら…何か知ってるかもしれないと思って」

「………」

かつて勤めていた病院を訪ねたが、退職していたので、ここを探し当てたと説明する朔実の話を、棟方は難しい顔つきで聞いていた。その表情は驚いているというよりも、予想していたのではないかと思わせるようなものだった。

もしかして…。朔実がそう言いかけた時、「棟方先生」と呼ぶ声がした。棟方は背後を振り返って、「すぐ行きます」と返事をした後、朔実に外で会えないかと持ちかける。

「病院内ではどうしてもばたばたしてしまうので…ちょっと、遅くなってしまうかもしれないんだが…」

「構いません。今日はこっちに泊まる予定にしていますので」

棟方と話をしたらすぐに帰るつもりでいたが、午後二時を過ぎても忙しそうな様子を見ると、棟方の身体が簡単に空くとは思えなかった。棟方に気遣わせない為に吐いた嘘を、彼はすぐに信じた様子で有り難いと呟いて頷く。

「もしかすると…夜になってしまう可能性もある

が、いいだろうか」

「構いません。…いつでもいいので連絡を頂けますか？」

朔実は自分の番号を伝え、棟方はそれをポケットから取り出した紙片に書き付けた。それから申し訳なさそうに「すまない」と再度詫びて、内科の外来へ戻って行った。朔実は棟方の姿が見えなくなると、小さく息を吐いてその場をあとにした。

棟方は自分が来ることを予想していたのだろうか。そんな考えが頭から離れないまま、鴨川での宿を探す為に駅へ戻った。


幸い、二月というシーズンオフであったこともあり、駅前のビジネスホテルに格安な料金で部屋が取れた。初めて訪れた町であっても散策して回る気にはなれず、狭い部屋でまんじりともせずに棟方からの連絡を待った。

朔実のスマホに着信が入ったのは午後八時を過ぎた頃だった。いい加減待ちくたびれ、うつらうつらしていた朔実は、唐突に鳴り響く音に驚いてスマホに触れる。棟方は開口一番、申し訳ないと深く詫びた。

『こんな時間になってしまって…本当にすまない』

「いえ、俺は平気です。今からなら大丈夫ですか？」

『ああ。今、何処に？』

駅前のビジネスホテルの名を挙げると、棟方はその近くにある居酒屋で落ち合おうと提案する。朔実は頷き、すぐに部屋を出て一階のフロントに下り、棟方から告げられた居酒屋の場所を詳しく聞いた。

棟方の言った通り、ホテルから歩いてすぐの場所にあった居酒屋に入ると、彼はまだ来ていなかった。

連れがいるのを伝え、半個室になっている座敷に通される。注文は連れが来てからにしたいと告げ、朔実が腰を下ろして間もなく、棟方が現れた。

「遅くなってすまない。すぐに分かった？」

「はい。無理をお願いしたのは俺の方ですから。そんなに恐縮しないで下さい。お忙しそうですね」

「かなりね。人手不足もあって…診なきゃいけない患者の数が多くて…。取り敢えず、ビールかな」

　注文を取りに来た店員にそう言った後、棟方が「君は？」と聞く。アルコールが苦手な朔実はウーロン茶を頼み、摘めるような料理を幾つか頼んだ。店員が下がって行くと、棟方は「いつ？」と聞いた。賢一がいなくなった時期を聞いているのだと朔実はすぐに分かり、「四日前です」と答える。

「…そうか」

　相槌を打った棟方はそのまま黙ってしまった。難しい顔つきで考え込んでいる棟方の様子を窺っている内に飲み物が運ばれて来る。生ビールを受け取り、軽くグラスを掲げて一口飲んだ棟方は、小さく息を吐いてから告白した。

「…実は…前に君が訪ねて来た後……、彼が来たんだよ」

「彼って……おじさん…ですか？」

　ああ…と頷き、棟方はもう一口ビールを飲んでからグラスを置いた。病院で棟方と会った後、賢一はらしくないほど、ひどく動揺していた。それが気に掛かって、朔実は棟方を訪ねたのだが、その後、賢一が棟方と会っていたとは全く気付いていなかった。

「おじさんは……何しに…？」

「……。君が僕に会いに来たんじゃないかって、確認しに来たんだ」

「……」

「それで……君がまた会いに来るようなことがあっても、何も話さないでくれって…頼まれた」

自分が棟方を手がかりにすることを、賢一が予想していたのは不思議ではなかった。どんなに思い返しても、賢一の「何か」を知っていそうなのは棟方だけだった。賢一もそれをよく分かっていたのだろう。

そう納得するのと同時に、賢一が直接会って頼まなくてはいけないほどの「何か」を棟方は知っているのだと理解出来た。棟方に会いに来たのは間違いでなかったと思い、朔実は彼に問いかけた。

「おじさんが…話されたくなかったことって、何なんですか？　それがおじさんの行方を捜す手がかりになるかもしれないんです。お願いします。教えて下さい」

「……」

「棟方さんは…おじさんと話さないという約束をしたのかもしれませんが…、おじさんが何処に行ったのか、本当に見当がつかなくて…困ってるんです。俺はどうしてもおじさんを捜したいんです」

必死で頼む朔実を、棟方は困った表情で見つめる。彼の顔つきは迷っているようにも見え、朔実は「お願いします」と繰り返して、頭を下げた。そのまま動かなくなってしまった朔実に、棟方は疲れたような溜め息を吐いて、「でも」と切り出す。

「僕の話は…君にとってショックな内容だと思うよ」

「……」

「知らなければよかったと思うことだってある」

棟方は言い聞かせるような口調で朔実を諭す。それでも、どんな事実であっても知らなければ、賢一に辿り着けない。朔実は真剣な表情で「構いません」と棟方に返した。

「どんな内容であっても……おじさんを捜すヒントになるのなら…。俺はおじさんと一緒に暮らしたいんです。…ようやく…四月から大学職員として働けるようになって、おじさんにこれから恩返ししなきゃいけないのに…。こんな風にいなくなってしまうなんて…」

　あり得ない…と首を振る朔実を見つめていた棟方は、深く息を吐き出して、残りのビールを飲み干す。料理を運んで来た店員にお代わりを頼むと、箸を割って刺身を食べた。

「…美味いよ。こっちは海の傍だけあって、魚が美味いんだ」

　棟方に食べるよう勧められても、朔実は箸をつける気分になれなかった。悲痛な面持ちで棟方からの言葉を待っている朔実に、彼は困った顔になる。追加したビールがやって来ると、それを一口飲んでから、自分の話は賢一がいなくなったことには繋がっていないだろうと告げた。

「それに…僕も彼の真意は分からないんだ。どうして…」

　どうして…と言いかけた棟方は、そこで言葉を止め、再度箸を手にした。再び刺身を食べるのかと思われたが、結局、箸をつけずに戻す。腕組みをした棟方は渋面で溜め息を吐いた後、朔実の顔を見据えた。

「…これは…僕自身のプライバシーにも関わる話なんだ。誰にも話さないと約束してくれるか？」

「…もちろんです」

　即座に頷きながらも、朔実は内心で戸惑いを覚えていた。賢一のプライバシーならともかく、棟方のそれに関係するというのはどういう意味だろう。そんな疑問は、何処か緊張した面持ちで棟方が続けた話によって、すぐに解決された。

「…僕が彼と知り合ったのは…新宿《しんじゅく》のゲイバーなんだ。彼はその店の店子《たなこ》で…僕は客だった。この意味が分かるかい？」

「………」

棟方からショックを受ける話だと聞いてはいたものの、彼から告げられた内容は、朔実の想像を超えており、声どころか、瞬きも出来なかった。意味はすぐに分かった。棟方には言えなかったが、朔実自身、似たような経験がある。金銭こそ介さなかったものの、似たような盛り場で出会って一夜限りの関係を結んだ相手が複数いる。

棟方は賢一の客だった。つまり、賢一は客を取るような仕事をしていた。しかも、男の。

そんな事実は驚愕のものであったけれど、同時に朔実は納得もしていた。賢一は会った時から綺麗だった。こんなに美しい人が自分の叔父なのかと、誇らしく思ったあの感情は、その後、犯しそうになった罪にも繋がっていた。

あの時、賢一は抵抗しなかった。驚いてはいたけれど、あり得ないことだと拒絶しなかったのは…。賢一がそういう行為に慣れていたからだと考えれば…。

息を詰めたまま様々な考えに囚われていた朔実を、棟方が心配して「大丈夫か？」と声をかける。それで朔実ははっとし、口元を押さえて頷いた。

「……すみません。……決して…誰にも言いませんから」

棟方が言い淀んだのは、賢一と約束したからというだけではなかったのだと分かり、朔実は申し訳ない気分で頭を下げる。棟方は「頼んだよ」と言い、話を続けた。彼にとって枷《かせ》となっていた事実を口にしたことで、気持ちが軽くなったようだった。

「当時、彼はまだ…十代後半くらいだったんだと思う。僕も二十歳を過ぎたばかりの…学生の頃で…。彼は本当に綺麗で…すごく人気があった。僕は必死でアプローチして、何度か相手をして貰ったけど、彼の気持ちを向かせることは出来なかったんだ。その内…彼が店に姿を見せなくなって、僕も足を向けなくなった。…あの日、救急の待合室で彼を見かけた時はものすごく驚いたよ。全然変わっていなかったし…、僕にとっては憧れの…夢のような存在だったから」

「…あの時…楝方さんが驚かせてすまなかったという伝言を頼んだのは…」

「昔の客に声をかけられたんだ。驚くのも当然だろう。彼がすごく動揺していたのは分かったし…君には何も言ってないと示したかったんだよ。その後、彼が訪ねて来た時にちゃんと話したけどね」

賢一が楝方に口止めをしに行ったのも頷ける過去だ。朔実は眉を顰めて鼻先から息を吐くと、もう一つ、気になっていたことを尋ねる。それは東浦との間に生まれている疑念にも繋がるもので、楝方に会ったら必ず確認しなくてはいけないと思っていたことだった。

「楝方さんは…俺がおじさんの名前を告げた時、名字が違うというようなことを言ってましたよね？あれは…」

「それも話そうと思ってたんだが…、僕が知っている彼の名前は…ええと、大森…」

「賢一です。大森賢一」

「それじゃないんだ。…望《のぞみ》。…海藤《かいとう》望という名前のはずだったから…おかしいなと思ったんだよ。ただ、僕が知ってる名前は源氏名だった可能性もあると思って、あの時はごまかしたんだ。その後…彼が訪ねて来た時に、どっちが本当の名前なのか聞いてみたんだが…」

「おじさんは…なんて？」

「答えてはくれなかった」

残念そうに首を振る棟方を見て、朔実は「そうですか」と低い声で相槌を打った。そうしながらも、賢一の本当の名前は「海藤望」の方だろうと確信していた。

きっと、賢一は「大森賢一」ではない。棟方から「海藤望」という名前が聞けたことで、東浦と共に抱いた疑惑は朔実の中で真実のものとなっていた。理由は不明だが、「海藤望」が「大森賢一」として自分の前に現れたのだ。

賢一は自分の叔父ではない。改めて言葉にした事実が静かに心の中へ沈んでいくのを見つめながら、朔実は長く息を吸う。奥底まで辿り着いた事実はどのような形になって浮上するのだろう。次にそれを見つめるのはいつなのか。

遠い気分で未来を思いつつ、朔実は棟方に、「海藤望」について他に知っていることはないかと聞いた。

「家族とか…出身地とか…、何でもいいんです。おじさんについて覚えてることで…居所に繋がるような情報があれば教えて下さい」

「僕も協力したいのは山々なんだが…名前と…彼がいた店の名前くらいで……他には何も…。彼は無口で、笑うことも滅多になかったくらいなんだ」

「……」

「それに君の方がうんと詳しいんじゃないか。長い間、一緒に暮らしていたんだろう？　…甥なんだし」

棟方がつけ加えるのを聞き、朔実は微かに眉を顰めて首を振った。遺産相続にまつわり出て来た疑念に関する詳しい話はしなかったが、自分は甥でない可能性が出て来ているのだと朔実から聞いた棟方は、怪訝そうな顔つきになる。

「じゃ…どうして彼は君と一緒に？」

「分かりません。…それも…おじさんに会って確かめたいんです」

賢一が「大森賢一」ではなかったのだとしたら、どうして自分と一緒に暮らしてくれたのか。この十六年、絶えず自分を心配して気にかけてくれていたのは、どうしてなのか。その理由を知る為にも賢一の居場所を捜したいと言う朔実に、棟方は新宿の店を訪ねてみたらどうかと勧めた。

「もしかすると、僕がそうだったように、まだ彼を覚えている人がいるかもしれない」

棟方の提案に頷き、朔実は賢一がいたという店の名を聞いた。ブラックローズという店名と場所をメモし、これが賢一の居所に繋がればと願う。賢一は何を思って、この十六年を過ごして来たのか。

あの時…自分が賢一を抱き締めてしまった、あの時。賢一はどう思っていたのだろう。考えれば考えるほど、賢一への思慕は高まっていき、朔実は胸が詰まるような思いをどうすることも出来なかった。

棟方と別れた後、朔実はホテルをキャンセルして東京へ帰り、新宿の店を訪ねようかと考えたのだが、少し考える時間が欲しくて、見知らぬ地の簡素なホテルの部屋で夜を明かした。ほとんど眠れずに過ごし、始発時間にあわせてホテルをチェックアウトした。

早春の夜明け近く、息が白くなりそうな寒さの中、駅のホームで電車を待って、東京へ戻った。始発に乗ったおかげで通勤ラッシュには引っかからず、自宅に着けた。賢一が戻って来ているかもしれないという期待は抱いていなかったが、静かで冷たい部屋に失望した自分はそうでもなかったのだと思い知らされる。もしもの為に賢一に残した書き置きをゴミ箱に捨て、エアコンをつけて部屋を暖めた。

夕方になると朔実は新宿へ向かい、棟方から聞いた場所でブラックローズという名の店を探した。二十年近く前のことだから、もしかしたらなくなっているかもしれない。棟方が口にした心配を朔実自身も抱いていたのだが、案の定、ブラックローズという店は見つからなかった。

それでも諦めきれずに、朔実は賢一を知っている人がいないか捜そうと周辺を聞き込んで回った。賢一の写真を見せ、見覚えはないかと尋ねる。だが、入れ替わりの激しい夜の街で、二十年も昔のことを覚えている人間は少ない。夜更けを過ぎても空振りが続き、そろそろ諦めようかと思いながら訪ねた店で、朔実は全く想定していなかった事態に遭遇した。

古い話なら、ミルキーボーイのママに聞いてみたら？　そう勧めてくれたバーの店員によれば、ミルキーボーイという店のママはかなりの古株で、三十年以上、新宿で店を構えているという。顔も広く、直接は知らなくても誰か知っている人を紹介してくれるかもしれないと親切に助言してくれた店員に礼を言い、朔実はその店を訪ねることにした。

白く光るタイルが貼られたけばけばしいビルの四階に、その店は入っていた。ドアを開け、中を覗いた朔実に「いらっしゃいませ」という低い声がかかる。店にはそこそこ客がいたが、皆、常連客のようで、一見の朔実に不躾な視線を送る。何軒もの店を回る内にそういう視線にも慣れた朔実は、カウンターに歩み寄り、ママはいないかと聞いた。

「教えて欲しいことがあるんですが」

「ちょっと待ってね。ママー。お客さんよー。イケメンが教えて欲しいって」

　ボブカットのカツラを被った女装姿の店員が店の奥に呼びかけると、のれんを手で上げ、ママらしき人物が顔を見せる。長年、新宿で過ごしているという話が頷ける、厚化粧でもかなりの年齢だとすぐに分かる人物だった。訝しげな表情で「手が放せないのよ」と答えるママに、朔実は間に立っている店員の横から顔を出して、「すみません」と頭を下げる。

「……っ」

　朔実とママの間には距離があったが、彼が派手に息を呑んだのが伝わって来た。不思議に思って顔を上げると、ママはするめが乗った焼き網を手にしたまま駆け寄って来る。目を見開いて朔実を見つめ、「秋元《あきもと》ちゃん？」と聞いた。

「…あき…もと？」

　聞き覚えのない名前を繰り返し、怪訝そうな顔になる朔実を見て、ママは慌てて首を振る。違う違う…と呟くママが手にしている焼き網を先ほどの店員が取り上げ、するめは自分が焼くから、話を聞いてあげたらと勧めた。

　ママはそれに頷き、焼き網を渡しつつも、朔実から目を離さなかった。まじまじと凝視してくるママにたじろぎ、朔実は微かに眉を顰める。店に入った時も不躾な視線を送られたが、そういうのとは種類が違うと分かった。

　理由は分からないが、ママは自分の顔に見覚えがあるのではないか。朔実が立てた予想は当たっており、大きく息を吐き出したママは「ごめんなさい」と謝ってから、朔実を凝視したわけを話した。

「昔の知り合いにそっくりで…見間違えちゃったのよ。秋元ちゃんのはずがないのに、あたしったら…」

やはり「秋元」という人物に自分が似ているのだと分かり、朔実は詫びるママに「いいえ」と返した。

「歳なのかしらねえ」とママが首を傾げると、常連客から「棺桶《かんおけ》の用意は出来た？」と意地悪なヤジが飛ぶ。ママは「お黙り」と一喝して、朔実に座るよう勧めた。

「何か飲む？」

「あの……俺、人を捜してるんです。それで…こちらのママさんなら、ご存じかもしれないって聞いて、来たんですけど」

「人捜し？　そうね。あたしは二丁目の生き字引と呼ばれるような女ですから」

既に妖怪だよな…とまたしても飛んで来るヤジを、ママは「茶々入れないで」と打ち返し、朔実に誰を捜しているのかと聞く。朔実はスマホを取り出し、賢一と一緒に撮った写真をママに見せた。

「この人なんですが…」

胸元に提げていた老眼鏡をかけたママは、スマホを見た瞬間、さっきと同じように「ひっ」と息を呑んだ。両手を口に当て、賢一の画像から朔実に視線を戻して眉間の皺を深くする。

「誰？」

「たぶん、海藤望という名前でブラックローズという店に…」

「それは知ってるわよ。あたしが聞いてるのは、あんたが誰かっていうことよ！」

賢一の写真を見てママが顔色を変えたのに気付き、

もしかして知っているのではないかという期待を込めて答えかけた朔実は、ママの鋭い声に遮られた。

ママの声は緊張したもので、賑やかだった店の中が静まりかえる。トラブルでもあったのかと、客の中でも強面《こわもて》そうな男が近づき、ママに「大丈夫か？」と尋ね、朔実を睨《にら》むように見た。

何をした覚えもない朔実は戸惑い、客の男に対して首を振る。ママは自分のせいで緊迫した空気になってしまっているのに気付き、慌てて「ごめんなさい」と皆に向けて謝った。

「変な声出しちゃった。厭ね、あたしったら。何でもないのよ。コウちゃん、ありがとう。大丈夫だから」

取り繕ったように明るい声を出し、ママは常連客たちに何でもないと繰り返す。近づいて来ていた男が席へ戻ると、ママは軽く咳払《せきばら》いをしてから、声を潜めて再度、朔実に尋ねた。

「あんた、誰なの？」

「…大森朔実と言います。あの…この人…海藤望という人を知ってるんですか？」

朔実の問いかけにママは答えず、背を向けて棚からウィスキーの瓶を取り出した。シンクの横に置かれていたロックグラスにウィスキーを注ぎ、朔実に向き直る。カウンターの上にあったシガレットケースを引き寄せ、煙草《たばこ》を取り出しながら、賢一の写真をもう一度見せるように言った。

朔実は真っ黒になっていたスマホの画面に、再び写真を出してママの方へ向ける。ママは咥《くわ》えた煙草に火を点け、深く吸い込んだそれを吐き出してから、いつの写真かと聞いた。

「…これは…去年です」

「憎たらしいくらい、変わらないわね。元気なの？」

「……。ご存じなんですね？」

ママが賢一を知っているのは明らかだったが、確認する朔実に対しては頷かなかった。代わりに、捜しているというのはどういうことなのか尋ねる。

賢一を知っていると認めないのはママなりの気遣いがあるからだろうと考え、朔実は自分の事情を先に話そうと決めた。先ほどのママの反応が気になるものの、自分から話さなくてはその理由も教えて貰えない気がした。

「この人は…俺のおじさんで、一緒に暮らしていたんですが……急に姿を消してしまい、全く行方が分からずに困ってるんです。どうしても捜したくて…おじさんの古い知り合いから、この辺りにあったブラックローズという店にいたという話を聞いて、何か知っている人がいないか、捜しに来たんです」

「おじさんって…血の繋がりのある…叔父と甥ってこと？」

実際はそうでない可能性も出て来ている。朔実は説明するのを難しく思いながら、正直なところを打ち明けた。

「俺は…ずっと、そう信じていました。けれど…違うかもしれないという可能性が出て来ていて…その辺りもおじさんに確かめたくて、捜してます」

「違うかもしれないっていうのは？」

ママが怪訝そうな顔つきで次々問いかけて来るのも無理はない、入り組んだ話だ。朔実はママを混乱させない為にも、母が亡くなってからのことを話した。おじさんは十六年前、母の弟の「大森賢一」として自分の前に現れ、一緒に暮らし始めた。しかし、実は「大森賢一」ではなく、「海藤望」という名前の他人であるかもしれないことが分かった。どうしておじさんがそんなことをしたのかは分からない。

朔実の話を聞いたママは、短くなった煙草を灰皿に押しつけ、ウィスキーを呷《あお》るようにして飲んだ。それから、朔実を窺うように見ながら、先ほどの名前を口にする。

「…秋元由高《ゆたか》…って知ってる？」

「……。さっき仰ってた人ですか？」

ママが自分を見て勘違いした人物だという認識はあるが、今日初めて耳にした名前だ。知りません…と答える朔実を、ママは腕組みをしながら改めて見つめる。それから、困ったような顔で鼻先から息を吐き、朔実に父親はどういう人なのかと聞いた。

「母は未婚で俺を産んだので…父のことは知らないんです。その辺りを話さずに、母が急死してしまったのもあって」

「…そう。…あたしも確たる何かを知ってるわけじゃなくて……、不確かな話をするのはよくないのかもしれないんだけど…」

「構いません。推測でも結構ですから…」

自分にそっくりだという秋元という男の名を出し、父はいるかと聞いたママの本意は、朔実も薄々気付いていた。もしかして…。賢一の行方に関する手がかりを探しに来たのに、こんな思いがけない事実にぶつかるなんて。

「…たぶん、あんたの父親は秋元ちゃんなんじゃないかしら。怖いくらい、そっくりなのよ」

「………」

「ただね、秋元ちゃんは随分前に亡くなったはずだし…。…もっと怖いのは……」

ママは小さな声で呟き、自分を鼓舞する為にか、グラスに残っていたウィスキーを一息で飲み干した。強い酒が染みたようで、胸を軽く叩き、大きく息を吐く。それから朔実を見据えて、口を開いた。

「望にブラックローズでの仕事を辞めさせたのは秋元ちゃんで…秋元ちゃんが死ぬまで、望は秋元ちゃんと一緒にいたはずなの」

「……」

「望は秋元ちゃんがいなければ生きていけないくらい…ぞっこんだったのよ。そんな望が秋元ちゃんとそっくりなあんたと…、息子かもしれないあんたとよ。ずっと暮らしてたなんて…ホラーだわ。…いえ、ホラーじゃないわね？　ロマンティックって言った方がいいの？　どっちなのかしら」

　分からないわーと首を傾げるママに、朔実は何も言えなかった。頭の中で賢一と暮らした日々が蘇る。小さな記憶の欠片《かけら》がきらきらと舞っている。もう十六年も前になるが、初めて賢一と会った時のことはつぶさに思い出せる。賢一を初めて見た時、自分がどう思ったのかも。

けれど、逆は想像がつかなくて、朔実は胸が苦しくなっていくのを感じていた。賢一は自分を見てどう思ったのだろう。秋元という男の面影を見つけて、喜んでいたのだろうか。


　呆然とした思いで店をあとにした朔実は夜中を過ぎても人気の絶えない街を離れ、電車が動き出すのを待って、駅近くのファストフード店に入った。同じように時間を潰しているのだろうと思われる客たちは、誰もがつまらなさそうで、何処か寂しそうにも見えた。

　そんな大勢に埋没するようにカウンター席に座り、朔実は賢一について得た情報を頭の中で整理しようとしたが、思考が散漫になり過ぎて、ちっともまとまらなかった。棟方やミルキーボーイのママから聞いた話が浮かび上がっては消えていく。

　三歩先も見えないような深い霧の中にいるような気分でぼんやりしていた朔実は、いつしか店の外が明るくなっていることに気付き、はっとした。始発を待っていたつもりだったのに、とっくにその時間は過ぎている。ぼうっとし過ぎだと自分を叱咤《しった》し、店を出た。

　しかし、駅でいざ電車に乗ろうとすると、どうしても自宅に戻る気にはなれなかった。通勤通学の為に駅には乗客が押し寄せて来る。その波をホームの片隅で眺めながら、身動きが取れないでいる内に、いつしか朝のラッシュも終わっていた。

　何をしてるんだろうと自分に呆れ、昼近いような時刻になってようやく、朔実は電車に乗った。見慣れた駅に降り立ち、のろのろとした足取りでマンションに向かう。ずっと駅のホームにいたから気付いていなかったが、天気が悪く、鼠色の空は頭上に落ちて来そうなほど、低く垂れ込めていた。

　マンションが見えて来ると、朔実は一旦立ち止まって、六階の部屋を見上げた。昨日、出かける前に賢一が帰って来た時のことを考え、再び手紙を書いて置いて出た。見つめる部屋に賢一は帰って来てくれているだろうか。いない可能性の方が高いと分かっているのに、僅かでも期待を抱いてしまいそうな自分が厭で、再び歩き始めた。

　相変わらず、エレヴェーターには故障中の張り紙がされている。最初から使うつもりもなく、階段を使って六階を目指す。一歩ずつ上がりながらも、期待してしまいそうな心を窘めるのに必死にならなくてはいけなかった。もしかしたら。そんな期待を抱くほどに失望が大きくなるのを分かっているのに。

　六階に着き、部屋の前に立つと、朔実は大きく深呼吸した。もしかしてという期待は消えていない。いや、消せない自分に苛つきさえ覚えつつ、鍵を取り出してドアを開けた。

「……」

昼間でも薄暗い玄関は寒く、シンとしている。ミシンの音はもちろん、人の気配もなくて、朔実は深い溜め息を零した。同時に、膝から足の力が抜け、その場に座り込む。

昨日、千葉から戻って来た時も同じように賢一のいない部屋に落胆したが、その度合いが深まったように感じるのは、徹夜状態で身体が疲れているからだけじゃない。

賢一が隠して来た秘密を知り、彼が自分の意志で帰って来ることは絶対にないと、確信してしまったからだ。

「……はあ」

つらつらと考えながら、言葉にすまいとして来た結論を思い浮かべた朔実は、大きく息を吐き出して両手で顔を覆った。涙は出ない。涙が出るような哀しさはない。ただ、猛烈に寂しかった。

突然母を亡くした後、一人きりの暗くて寒い部屋に帰って来ていた頃を思い出す。今にして思えば、二月《ふたつき》にも満たないほどの短い間だったのだが、孤独と絶望と形の見えない不安に押し潰されそうになっていた。大人の誰もが自分を欺《だま》して、自分たちの都合がいいように処理しようとしているように感じていた。

あの時、賢一が自分の前に現れてくれなかったら。自分は絶対に、今の自分じゃなかった。

大きく息を吐き、立ち上がった朔実は靴を脱ぎ、部屋の奥へ向かった。賢一の姿はもちろんなくて、テーブルの上に残した自分の置き手紙をゴミ箱に捨てる。それから、引き出しに仕舞っておいた賢一からの手紙を取り出した。

何度も読んで暗記してしまっている手紙をまた読んで、最後の行に目を留めた。捜さないで下さい。賢一の望みを自分は叶えるべきなんだろうか？

「おじさん……」

賢一が捜して欲しくない気持ちは理解出来る。手紙にもあるように、自分は賢一が隠して来た真実に行き着いてしまった。複雑な過去は彼にとっては恥じるべきものなのかもしれない。それに…。

もしも、自分が本当に秋元という男の子供だとしたら…。賢一は自分のことをどう見ていたのだろう。

実際、秋元を知るママが驚愕するほどに似ているらしいのだから、賢一も秋元に似ていると感じていたに違いない。日に日に成長し…秋元にそっくりになっていく自分を、賢一はどう思っていたのだろう。

毎年、嬉しそうに誕生日を祝ってくれた賢一は、内心では自分が秋元に似ていくのを喜んでいたのだろうか。

亡くなった恋人の面影を追われていたというのは、朔実にとって複雑な事実だった。しかし、それでも賢一に会いたいという気持ちは変わらない。賢一に会いたい。会って、彼の気持ちを聞きたい。何を考えて、自分の傍にいたのか、どうしても知りたい。

長く世話になって来た賢一の頼みを、自分は聞き入れるべきなのではないかという思いはあっても、会いたいという願いの方が遥《はる》かに大きかった。

どんなに待っても、賢一が帰って来てくれる可能性はほとんどないのだから、自分が捜すしかない。もう一度、賢一に会って…自分の願いを伝える為に。どんなに時間がかかっても、必ず賢一を捜し出すと強く心に誓って零した吐息は、一人きりの冷たい部屋で殊更に響いた。

6

一年後。

熊本《くまもと》空港から乗り継いだボンバルディア社製の小さなプロペラ型飛行機には、可愛《かわい》らしいイルカの絵が描かれていた。三十分にも満たないフライトは遊覧飛行のようで、周囲の乗客は観光気分で楽しそうにしていたが、朔実には窓の外の風景を楽しむ余裕はなかった。

天草《あまくさ》空港に降り立つと、タクシー乗り場で車を拾い、島原《しまばら》湾に面した海水浴場近くにある老人保健施設を目指した。東京では薄曇りの天気だったが、熊本では雨が降っていた。天草では雨は既に上がっていたものの、肌寒く、空が曇天のせいもあって夕方のような気配が漂っている。

　寒くても南国だけに雪は降らないのだろうと思い、運転手に聞いてみると、そんなこともないのだという返事がある。

「こっちでもたまには積もったりするんですよ。大雪で、チェーンなしじゃ走れないような時だってありましたよ」

「そうなんですか」

　意外な思いで相槌を打つ朔実に、運転手は「お見舞いですか？」と尋ねる。行き先が老人保健施設だけに、身内が入所していると思っているらしい運転手に、朔実は曖昧に頷いて答えた。

　山間の道を抜け、しばらくすると、海が見えて来る。あれが島原湾です…という説明に頷き、鈍色の海を眺めた。海水浴場を示す看板があり、夏になると海水浴客で賑わうのだが、この時期は寂しいものだという運転手の話を聞いている内に、目当ての老人保健施設が見えて来る。

　海辺からは少し離れた場所に建つ建物は新しく、規模も大きいようだ。この辺りでは一番大きな施設だと言いながら、運転手は正面玄関の前に停まっていたワゴン車の後ろで停車した。

「ありがとうございました」

「迎えが必要ならここに電話して下さい」

　レシートの電話番号を指して教えてくれる運転手に頷き、朔実は車を降りる。施設名が書かれたワゴン車から、出かけていたらしい入所者をスタッフたちが手分けして降ろしていた。朔実はその一人に近づき、ここで働いているスタッフについて尋ねたいと声をかけた。

「海藤望さんという方が…ここで働いてると聞いた

んですが」

「いますよ。ええと……三宅《みやけ》さん。海藤さんって、今日、出てる？」

「海藤さんは今日は夜勤よ」

遠くから返された答えは朔実にも聞こえて、何時頃に出勤するのかと重ねて聞く。すると、夜勤だと答えた五十前後の女性が近づいて来て、会いに行けばいいと助言した。

「海藤さん、裏の寮に住んでるから。部屋にいると思うわよ」

「寮というのは…何処に？」

気軽に教えてくれる女性を有り難く思い、朔実は場所を尋ねる。彼女は朔実について来るよう示し、正面玄関を通り過ぎて建物の裏手が見える場所まで行くと、遠くに見える四角いアパートを指さした。

「あれよ。…そっちの道を歩いて行けばすぐに着くから」

「ありがとうございました」

田舎ならではの率直な親切に礼を言い、朔実はアパートを目指して歩き始めた。賢一が姿を消して一年余り。ずっと捜して来た苦労がようやく報われる。賢一に会えるという喜びは大きかったが、同時に拒絶されたらどうしようという迷いもあった。

それでも。賢一にどれほど拒まれても、朔実は頼み続けるつもりだった。賢一と一緒に暮らせるのなら、自分の全てを投げ打ってもいい。

「……」

何でも出来る。一年間、秘めて来た決意を胸に、アパートに辿り着き、表札を見て回った。幸い、「海藤」と書かれたプレートは一階ですぐに発見出来た。ドアの前に立った朔実は深呼吸してからチャイムを押す。中で「はーい」と答える声がして、足音が近

づいて来る。ガチャリと音を立ててドアを開けたのは……紛れもない、賢一だった。

「……」

朔実を見た賢一は大きく息を呑んだ。おじさん。ようやく会えた。そんな声をかけようと思ったのに、朔実は声よりも先に手を伸ばしていた。

「っ…」

賢一の腕を掴んで引き寄せ、幻ではないことを確かめる為に抱き締める。賢一の匂いや、感触が、確かに彼だと分からせてくれて、朔実は涙が溢れてしまうのを必死で堪えた。おじさん。呼びかけたくても声の出ない朔実に、賢一は掠れた声で「どうして」と聞いた。

朔実は大きく息を吐き出してから、賢一の身体から離れた。驚いた顔が怪訝なものに変わっているのを見ながら、朔実はずっと捜していたのだと告げる。

「…あれから……おじさんの本当の名前が分かって、長崎《ながさき》の出身だというのも分かったから、こっちの方にいるんじゃないかと思って…。こっちの業者に頼んで、捜して貰ってたんだ。でも…全然見つからなくて…見当違いなところを捜しているのかもと思って…、諦めかけてたんだけど…ようやく、ここにいるって分かったから…」

「……」

「…ごめんなさい。捜すなって書いてあったけど……俺は…どうしても……」

おじさんに会いたくて…とまでは言えず、朔実は言葉を詰まらせる。さっきは耐えた涙が零れ、頬を伝う。人前で泣くのが恥ずかしく、手の甲で拭って、賢一から顔を背けた。

息を吸って気持ちを落ち着け、必死で涙を止めようとする朔実に、賢一は中へ入るよう勧めた。朔実は頷き、鼻を啜ってから玄関へ足を踏み入れる。入ってすぐ脇に小さなキッチンがあり、襖の向こうにもう一部屋ある、１ＤＫタイプの部屋だった。

さほど広くはないが、家具などがほとんどないせいでがらんとして見える。靴を脱いで上がった朔実は、部屋の隅に置いてある黒いボストンバッグを複雑な気持ちで見下ろした。賢一はここでもすぐに出て行けるよう、準備しているのだろうか。

賢一は朔実に座るように勧め、お茶を入れると言った。部屋の中央に置かれた丸い座卓の横に腰を下ろし、キッチンに立つ賢一の背中を眺める。

「……」

賢一は一年前と全然変わっておらず、場所は違えど、お茶を入れる姿を見ていると過去に戻ったような錯覚に陥る。逆に、本当に賢一が目の前にいるのかと疑うような気持ちも抱くのは、一年間、彼を失っていたせいだ。

もう会えないのかもしれないと何度も途方に暮れた。ようやく会えたと自分は心から喜んでいるけれど、賢一はどうなのだろう。捜さないで欲しいと書き残した賢一の気持ちを考えられる余裕が、朔実にはなかった。

ただ、会いたくて。再び涙が滲んできそうになるのを懸命に堪えつつ、賢一を見つめていた朔実は、お茶を入れた賢一が振り返るのに気付いてはっとする。取り繕うように姿勢を正し、湯飲みを運んで来た賢一に、朔実は小さく礼を言った。

向かい側に座った賢一の表情は硬いもので、緊張しているようにも見える。賢一も迷っているのだと分かると、少しだけ心が軽くなる。

「……おじさん。聞いてもいい？」

「……」

無言で頷く賢一を見て、朔実は確かめきれなかったことを尋ねた。恐らく、全てはそこから始まっていると思われる、重要な事実だ。

「俺の父親が誰なのか…、知ってるの？」

「……」

どうしていなくなったのか、帰って来てはくれないのか。他にも色々聞きたいことはあったけれど、それが一番、賢一にとっては肝心なのだろうと考えていた。朔実の予想通り、賢一は更に表情を硬くし、息を呑んだ。

朔実の傍にいた賢一はいつも穏やかで、剣呑な表情を見せることは滅多になかった。今、苦しげな顔つきでいる賢一を見ているのは朔実も辛かったが、避けては通れない話題だ。じっと答えを待つ朔実を、賢一は躊躇いを滲ませた顔で見つめる。

「ごめん」

「…謝らなくていいから。…秋元さんって…人？」

賢一はゆっくり頷き、もう一度、「ごめん」と口にして深々と頭を下げた。新宿のゲイバーで聞いた、秋元由高という名前の男が自分の父親なのかどうか、調べてはみたけれど、確証を得られるような情報は見つからなかった。ただ、ゲイバーのママ以外にも、秋元を知っているという人間から、そっくりだと指摘された朔実は、十中八九間違いはないのだと思ってはいた。

賢一は真実を知っているに違いない。そういう朔実の推測は当たっていて、賢一は秋元が朔実の父親であることを認めた。

「…秋元は十九の頃に柊子さんとつき合っていて……子供が出来たのを知らずに、柊子さんと別れたんだ。柊子さんは一人で朔実くんを育てて…朔実くんが小学校に上がる頃、秋元はその存在を知って、柊子さんに会わせて欲しいと頼んだけど、断られてしまった。でも、それ以後も秋元は朔実くんのことを気にかけて…ずっと、二人の様子を遠くから見守っていたんだよ」

「……」

母と暮らしている間、朔実は父親の影を全く感じなかった。実の父親であるという秋元が会いたいと申し入れていたというのも初耳で、驚きを隠せなかった。父親が何処からか自分を見ていたなんて。現実感のない話に戸惑う朔実に、賢一は自分が朔実のことを知った経緯を話す。

「俺は秋元に、…彼が亡くなる前に、朔実くんが大人になるまで見守ってやって欲しいと頼まれたんだ。困ったことがあるようなら…助けてやってくれって…」

「…だから……」

「秋元が亡くなってから、約束通り、俺は柊子さんと朔実くんの様子をそれとなく窺っていた。でも…まさか、柊子さんが突然亡くなるとは思ってなくて…。どうしたらいいか分からずに悩んだんだけど…朔実くんには身寄りがなくて施設に入れられると知って…。何とかしなきゃって…思ったんだ」

それで賢一は…いや、海藤望は「大森賢一」として自分の前に現れたのか。賢一が「大森賢一」ではないと確信してからも、どうして彼がそんな真似をしたのか、本当の理由は分からなかった。賢一が何とかして恋人の遺言を守ろうとした結果だったと分かり、ようやく納得のいった気分になる。

「俺が朔実くんを引き取って面倒を見ようと思って、平野さんに相談した。平野さんは…弁護士だから、いい方法を考えてくれると思ったんだけど、独身でまだ二十代だった俺が未成年で赤の他人である朔実くんを引き取るのは難しいって言われた。それでも…俺は諦められなくて、どんな方法でもいいから頼んだ。朔実くんと暮らせる方法を考えて欲しいって頼んだ。朔すると…平野さんは柊子さんに行方不明の弟がいることに目をつけたんだ…」

「それが…」

大森賢一…と小さな声で呟く朔実を見ながら、賢一は重々しく頷く。

「俺は大森賢一として朔実くんと一緒に暮らすことを望んだ。書面上の手続きとか…身分証とかは偽造したんだと思う。平野さんは詳しいことを教えてはくれなかったけど…俺の為に危ない橋を渡ってくれた。…あの後、しばらくして平野さんが亡くなって、…癌《がん》だったたって分かった。たぶん、自分の余命を分かっていたからこそ、俺を助けてくれたんだと思う。…そうして、朔実くんと暮らし始めたばかりの頃はいつばれるのか怖くて…冷や冷やもしていたけど、毎日が楽しくて…本当に楽しくて…。…最初は朔実くんが高校を卒業するまでだと思っていたんだ。朔実くんに俺が必要なのは、一人暮らしが出来るような歳になるまでだと…思っていたのに…。本当は…もっと早くに役目を終えていれば……」

「…おじさんが突然いなくなったのは…東浦さんが訪ねて来たからなんだよね…？」

東浦の訪問は、賢一が「大森賢一」ではないことが判明するきっかけとなった。賢一は朔実に頷き、何もかもが突然終わってしまったと、小さな声で言った。

「平野さんから柊子さんのご両親は富山にいるっていう話はちらりと聞いていたけど、すっかり忘れてたんだ。まさか…朔実くんのところに遺産相続の話が来るとは思ってなくて…。俺が大森賢一でないとばれるのは確実だったから、ああするしかなかった。

朔実くんを哀しませて…辰巳さんに迷惑をかけて
……本当に、申し訳なかったと思ってる」

ごめん…と謝り、賢一は深く頭を垂れる。朔実は深く息を吐き出しながら首を横に振ると、「おじさん」と呼びかけた。

「本当のことを話してくれればよかったんだよ。誰もおじさんのことを責めたりしなかった」

「……」

「どういう形であれ、おじさんは俺を助けてくれた。俺を助けてくれるのはおじさんしかいなかったんだから」

それは紛れもない真実だと言う朔実に、賢一は沈痛な面持ちを向ける。しばし朔実を見つめた後、賢一は目を閉じて首を横に振った。言葉はなかったけれど、その仕草だけで拒絶されているように感じ、朔実は辛くなる。

おじさん…と重ねて呼びかける朔実に、賢一は再度首を振って、自分は間違っていたのだと告げた。

「朔実くんの気持ちは嬉しいけど…やっぱり、俺は根本的な部分で間違えていたと思うんだ。…俺はしあわせな毎日を送れるような資格なんてない…人間だったんだから…」

「おじさん……」

「ごめん、朔実くん。朔実くんは俺のことなんか忘れて……ちゃんとした人としあわせになって。朔実くんはまっとうな生き方をしてきたんだから…きっと大切に出来る人が見つかるよ」

こんなところまで来させて…長い間、捜させてごめん…と続ける賢一の表情は頑なものので、簡単には突き崩せそうにない決意に満ちていた。いつも見て来た穏やかな賢一からは遠い、辛そうな顔を見つめ、朔実はここで急いでも仕方ないと自分に言い聞かせる。元々、賢一を簡単に説得出来るとは思っていなかった。朔実は賢一を真っ直ぐに見つめたまま、諦めるつもりはないと告げる。

「俺はおじさんと一緒に暮らしたいんだ。おじさんとじゃなきゃ、俺はしあわせにはなれない」

「……」

きっぱり言い切る朔実の気持ちが辛いというように、賢一は眉を顰めて顔を背けた。そのまま賢一は黙ってしまい、重い沈黙が訪れる。朔実は長い溜め息を吐き、また出直すと告げる。この老人保健施設で働いている賢一を見つけたという報《しら》せを受け、いてもたってもいられずに、確認をしに来ただけだ。強引に連れ帰るような真似をする気はなかった。

「明日の朝一番でどうしても出なきゃいけない会議があって…今日はおじさんが本当にいるのかどうか、確かめに来ただけなんだ。また来週、休みを取って来るよ」

「朔実くん…」

「…ここからまたいなくなったとしても、俺は絶対、おじさんを見つけるから」

自分が去った後、賢一がまた姿をくらます可能性はある。朔実は真剣な表情で「絶対に見つけるから」と繰り返し、戸惑いを浮かべる賢一を見つめる。賢一の表情は益々苦しげなものになっており、そんな顔をさせているのが自分なのだと思うと厭な気分になる。

朔実は小さく苦笑いを作り、横に置いたコートを手に立ち上がった。玄関へ向かい、靴を履いて振り返ると、賢一がゆっくり腰を上げるのが見えた。朔実を見送る為に玄関の方へ近づいて来た賢一は、彼の前で立ち止まると、「朔実くん」と呼びかける。

「……」

揺れる賢一の瞳を間近で見た朔実は、自分の奥底に抑え込んで来たものが湧き上がるのを感じた。さっき、賢一を抱き締めたのはその存在を確かめたかったからだ。本当に…夢ではなく、現実の賢一なのかどうか、確かめたかった。

けれど、これは違う。

「…っ」

賢一の腕を摑んで引き寄せる。自分の胸に倒れ込んだ賢一の身体を抱き締め、力を込める。咄嗟に抱き締めてしまったあの時とも違う。明確な意志を持って、初めて賢一を抱き締めた朔実は、抱擁を解いて彼に口付けた。

「……」

驚いた賢一が息を呑むのが分かり、触れるだけの口付けで離れる。至近距離から覗き込んだ黒い瞳には、別の種類の戸惑いが滲んでいた。どうして…と問えない賢一に、朔実は低い声で自分の本心を告げた。

「…おじさんが…どういう風に見てたかは知らないけど、俺はまっとうになんて生きて来なかった。…いつだっておじさんを想ってた。叔父と甥なんていう関係じゃなければって、ずっと思ってたんだ」

「……」

信じられないというように、賢一が大きく目を見開く。それを見ながら、賢一は本当に気付いていなかったのだろうかと、心の中で疑問を抱いた。薄々感じていながらも、見ないようにしている内に、それが真実だと錯覚していたのかもしれない。お互いが毎日の暮らしの中で、意識して曖昧にしようとして来たのは事実だ。

発作的に口付けてしまった、あの時以降は特に。

あり得ない真似をしてしまった自分を恥じ、いつ賢一が出て行ってしまうかと怯えた。けれど、賢一は出て行かなかったし、何も言わなかった。

朔実自身も以前以上に、自分自身を固く戒めた。二度と、あんな真似をしてはいけない。次こそ、賢一を失ってしまう。叔父と甥という間柄である自分たちには許されないことなのだから。

そう思って…いたけれど。

「…俺にとって…おじさんはもう大森賢一じゃない。海藤望なんだ」

「……朔実…くん……」

掠れた声で名前を呼ぶ賢一を、朔実はもう一度抱き締める。だから、帰って来て。耳元で告げる朔実の声に反応し、賢一が小さく震える。頷いているわけではなかったけれど、それでもよかった。これまでとは違う関係を始められるスタート位置に立てた。

叔父と甥じゃない。抱き合っても許される関係になれるのだという希望は朔実を勇気づける。

また来る。力強い口調でそう言い残し、朔実は賢一を残して、彼が一人暮らす簡素な部屋をあとにした。


一日に限られた便数しか運航されていない、小さな空港から福岡《ふくおか》に向かった朔実は、飛行機を乗り継いで東京へ戻った。翌日は朝から会議に出席し、週末からしばらく休みを取れるよう、調整した。最低でも一週間ほど休んで賢一と一緒に過ごしたいと考えていたのだが、春を控え、慌ただしい時期でもあって望み通りにはいかなかった。それでも週末とあわせ、何とか五日ほどの休みを作り、土曜の朝一番で天草へ向かえるよう、飛行機の手配も終えた。

金曜の夜、しばらく休むことになる為、朔実は遅くまで残って仕事を片付けた。大学を出たのは夜の十時を過ぎた頃で、翌日は早朝から出かけなくてはいけなかったので、早めに床に入ろうと考えながら、階段を上がった。

　何気なく玄関の鍵を開け、中へ入ってすぐに気がついた。明かりの点っていない玄関は真っ暗で、物音もしなかったけれど、明らかに人の気配がするのが分かった。朔実は息を呑み、靴を脱ぎ捨てて部屋の奥へ駆け込む。

　居間へ続くドアを開け、明かりが点っている和室の方を覗くと、畳の上に置かれた座卓の横に、賢一が気まずそうな顔でぽつんと座っていた。

「お帰り」

「……」

　賢一から「お帰り」と言われた朔実は全身から力が抜けるように感じ、その場に頽《くずお》れた。突如床に座り込んだ朔実を心配し、賢一が「大丈夫？」と尋ねながら近づく。自分の前に屈《かが》んで名前を呼ぶ賢一を、朔実は迷わず抱き締めた。

「……」

「…おじさん……」

　賢一が自ら戻って来てくれるとは思っていなかった。考えてもいなかった幸運に胸が詰まってうまく言葉が継げない。掠れた声で「おじさん」と繰り返す朔実に、賢一は躊躇いがちに「違うんだ」と言った。

　違う…ということは。賢一は戻って来たわけではないと言いたいのだろうか。俄に不安になり、朔実は身体を離して賢一の顔を覗き込む。賢一は困惑した表情で、話をしに来ただけだと言った。

「朔実くんは忙しいだろうし…俺の為に仕事を休ま

せちゃいけないと思って」

「……。もう休暇は取ったよ。明日の朝一番で、天草へ行くつもりだった」

「遅かった…？」

益々困った顔になって首を捻る賢一を、朔実は真っ直ぐに見つめ、その手を取った。細く、乾いた手を握り締め、自分の気持ちを伝えようとするが、やはり言葉にならない。何を話しに来たのかは知らないけど、このままここにいて。傍にいて。おじさんがここにいてくれるだけで…自分はとてつもなくしあわせなのだから。

そんな願いを伝えたくても口に出来ない朔実に、賢一は小さな溜め息を吐いてから「朔実くん」と呼びかけた。

「ちゃんと食べてる？」

「……」

「台所を見たら、カップ麺とコンビニ弁当の空き容器ばかりで…。ゴミも捨ててなくて、掃除はしておいたけど…」

そんなに忙しいの？　と心配そうに聞く賢一に、朔実は小さく頭を振った。忙しいのは確かだが、家事に手が回らないほどではない。ただ、ここへ帰って来ると、何もする気がなくなるのだ。賢一のいないこの家は機能していないように思えて、自分も同じようになってしまう。

一年ぶりに戻って来た賢一は荒廃ぶりに驚いたに違いない。眉を顰めている賢一に、朔実はそれでも和室はちゃんとそのままにしてあると告げる。

「埃《ほこり》が被らないように…シートを買って来てかけておいた。和室には物も置かないし」

「…そうだね。散らかってるのは見事に襖のこっち側だけだったけど…」

「おじさんの水仙もちゃんと世話してる」

「……」

「花も咲いてるんだよ？　見た？」

訴えかけるように言う朔実に、賢一は小さな苦笑を浮かべて頷く。料理も掃除も洗濯も、何もする気が起きなくても、賢一に関することだけはきちんとしておかなくてはいけないと思っていた。賢一がいつ帰って来てもいいように。

あの時、賢一が持って来た水仙は今年も花を咲かせた。白い花が咲き揃った頃、賢一が見つかったという連絡が来たのは偶然じゃない気がした。こうして、賢一が咲いている水仙を見てくれたのも。

握り締めていた賢一の手に、朔実は身体を屈めて祈るように額をつける。お願いだから。お願いだから、戻って来て。必死で願う朔実に、賢一は静かな声で「朔実くん」と呼びかけた。

「俺は最低な人間なんだよ」

「……」

投げやりというより、諦観したような物言いだった。朔実がゆっくり顔を上げると、賢一は無表情なままで話を続ける。

「…朔実くんは…全部知ってるのかもしれないけど…、…俺は十六の時に家を出て、東京に来てから、身体を売って生活してたんだ。身元を保証してくれる人もいない、肉体労働にも向かない身体の俺には、他の選択肢はなかった。朔実くんが知ってる…棟方も、弁護士の平野さんも客だったんだ。ひどいことも…最低な真似もいっぱいした。自暴自棄になりかけたこともあったけど、いつか、まともな生活が出来るようになるって信じてた。…秋元に出会ったのは二十歳になる前の頃で、秋元は俺に身体を売るのをやめろと言ってくれた。家に住まわせてくれて…

学校に通う為の援助もしてくれた。俺は子供の頃から裁縫が好きだったから…秋元の勧めで服飾の学校に通って勉強して…、そのお陰でアパレルメーカーに就職も出来たんだ」

　昔を思い出しているのか、賢一の表情は優しいものに変わっており、朔実は複雑な気分でそれを見つめた。賢一が今も秋元を大切に思っているのが分かってせつなくなる。無言で見つめる朔実から目線を下げた賢一は、そっと瞼《まぶた》を閉じた。

「…秋元は血液の癌で…、突然倒れて病院に運ばれてから…一月もしない内に亡くなってしまった。…余りにも呆気《あっけ》なくて…信じられなかった。この前も話した通り、俺は秋元が亡くなる前に朔実くんのことを頼まれたんだけど…最初は辛くて、朔実くんを見る勇気が出なかった。それでも…秋元の遺言を守りたくて…義務のような気分で朔実くんを捜しに来たんだ。初めて朔実くんを見たのは…桜が咲き始めた頃だった。たぶん、朔実くんは六年生に上がる前だったんだと思う。小学校の校庭で…一際背の高い男の子を見つけて…すぐに朔実くんだって分かった」

「……。秋元さんも背が高かった？」

　小さな声で尋ねた朔実に、賢一はぎこちなく頷く。はあと大きく息を吐き出し、閉じていた目を開けて、朔実が握り締めている自分の手を見つめた。

「秋元からは…柊子さんと朔実くんの名前と、住んでいる場所しか聞けなくて、写真の一枚もなかったんだよ。なのに、たぶんここに通ってるんだろうって目星をつけて訪ねた小学校で、朔実くんがそうだって分かって…。……俺は……嬉しくなったんだ」

「………」

「秋元を亡くして、食事も喉を通らないほど落ち込んでいたのに、朔実くんの存在に希望を感じた。朔実くんは…大きくなったら秋元そっくりになるんじゃないかって…そんな期待を抱いたんだ」

生前の秋元を知っていたゲイバーのママが、自分を秋元と見間違えたのを思い出す。賢一が自分と暮らしたいと望んでくれたのは…秋元の面影を求めていたからなのだろう。賢一と初めて会った時、並んで立った自分に背が高いねと声をかけた賢一の顔が、記憶の底から蘇って来る。

賢一の目が自分ではなく、秋元の影を追い求めていたなんて、気付かなかった。ただ、その綺麗な笑みに見とれた。

「…一緒に暮らし始めて…朔実くんはどんどん大きくなって、俺のことなんかあっという間に追い抜いて……どんどん、どんどん…秋元に似ていったんだ」

「……そうみたいだね。新宿でも秋元さんを知ってるっていう人に驚かれた」

低い声で相槌を打つ朔実に、賢一は顔を俯かせたまま頷く。それから、自分の手を握っていた朔実の掌を解き、逆に上から握り直した。背だけでなく、朔実は掌も賢一よりずっと大きい。両手で包もうとしても余る朔実の手を、賢一は上から覆うようにして力を込める。

「…ごめん」

ごめん、朔実くん。俯いたまま賢一が発する声は掠れていて、泣いているように感じられた。繰り返し詫びる賢一は自分と秋元を重ねて見ていたことを申し訳なく思っているのだろうか。しかし、自分がどれほど秋元に似ているとしても、秋元ではない。長年、一緒に暮らして来た賢一には違和感の方が強かったはずだ。

自分の中に見える秋元に、賢一が幸福を感じていたことを、責めるつもりなどない。朔実には賢一の中に、秋元よりももっと確かな記憶を作れた自信があった。

「…おじさん。一年、離れてて…思い出したのはどっち？　俺？　秋元さん？」

「……」

秋元ではないという絶対的な自信を抱いて尋ねた朔実を、賢一はゆっくり顔を上げて見る。戸惑いを滲ませた表情で、賢一は「朔実くんだよ」と囁くような声で答えた。それから、大きく息を吐き出し、朔実の手を放して自分の口元を両手で覆った。

眉を顰めて目を瞑る賢一を、朔実は身体を起こして抱き締める。細い肩を覆い、華奢な首元に顔を埋めて「俺は」と低い声で告げる。

「とうに秋元さんに勝ってる」

「……っ…」

何なら、一つ一つ確かめてもいい。賢一がどっちを覚えているのか。好んで使う歯磨き粉。タオルの畳み方。嫌いな果物。風呂に入る時間。雨の日にどう過ごすのが好きか。一つ一つ答えていったら、賢一は全ての記憶が自分の記憶で上書きされていると分かるだろうか。

覆い被さっていた賢一から離れると、朔実は首を傾けて唇を重ねた。触れるだけのキスを繰り返し、少しずつ深いものに変えていく。

性急でも強引でもない口付けは、朔実の覚悟を示していた。賢一はそれを拒まず、促されるままに顔を上げて口付けを受け止める。上唇を優しく吸い、愛《いと》おしげなキスを重ねていた朔実は、賢一の眦が涙で濡れているのに気付き、唇を離した。

賢一の身体を抱き締め、縋《すが》るような口調で伝える。

「…秋元さんだと…思ってくれてもいい」

勝ってると自信ありげに言ったばかりなのに…と

自分で情けなく思いながらも、なりふり構っていられないという気持ちが強かった。賢一が納得出来るなら、どんな形だっていい。秋元の代わりを望むなら、それでいい。

切実な思いで告げる朔実に、賢一は目を閉じたまま、ゆっくり首を横に振る。頬を涙で濡らし、自分を抱き締めている朔実の背中に手を回した。

「違う。…朔実くんは……朔実くんだよ」

秋元と違うと分かっている。賢一は落ち着いた声で言うと、顔を上げて自ら朔実に口付けた。深く咬み合うようなキスを求めて来る賢一に、朔実はすぐに翻弄される。お互いが求め合う口付けは際限なく淫らになっていき、それぞれが抱く欲望を大きくしていく。

「っ……ん……ふ……」

「…っ……」

賢一の柔らかな下唇を食んで、舌を口内へ差し入れる。待ち望んでいたかのような賢一の舌が絡みつき、貪欲に朔実を味わう。朔実が知る賢一とはかけ離れた淫猥な仕草は、長い間強固な理性で封じ込めて来た欲望を刺激する。

「っ…ふ……っ…」

キスだけでやめられなくなりそうだと恐れながらも、最初からそんなつもりはないじゃないかと、朔実は自分を皮肉る。欲しいと思う気持ちさえ、認めてはならない状況下にあったから、抑え込むのが当たり前なように自分を馴《な》らした。日々の暮らしの中で、ある日唐突に気付く綻びのように、垣間見える欲望はあり得ないものだと抹殺した。

本当は欲しくて堪らなかったのに。

「…っ…ん…っ……は…っ…」

夢中で口付ける合間に、賢一が零す吐息は甘く、朔実は唆《そそのか》されているような気分で細い身体を抱えてソファへ移動させた。横たえた賢一からカーディガンを脱がせ、シャツのボタンに手をかける。

シャツの前身頃を開き、素肌に手で触れると、賢一は小さく身体を震わせた。自分の手が冷たかったのかと思い、唇を離した朔実が「ごめん」と詫びるのに、賢一は首を振る。

違う…と掠れた声で言い、賢一は朔実の口付けを望む。唇を咬み合って愛おしげなキスを繰り返す賢一の肌に、朔実は再度ゆっくり触れた。脇腹から胸へ。白く柔らかな肌を確かめるように撫《な》で、肩から落ちかけていたシャツを脱がせる。

賢一の上半身を裸にすると、朔実は彼を抱き起こして、ソファの背に凭れるようにして座らせた。その上から覆い被さって口付け、デニムのボタンに手をかける。

「ん…っ…」

厚い布地に隠れた賢一のものは形を変え始めていた。ファスナーを下ろしてデニムを脱がせる。下着の上から朔実が触れると、賢一は喉の奥で小さく呻《うめ》き声を上げた。

「…っ……」

微かに身を捩る賢一の脚を押さえ、朔実は下着の中へ手を忍ばせる。直接触れた賢一自身を握り込み、優しく扱《しご》いて欲望を促す。焦《じ》れったいというように賢一が腰を浮かせるのが分かり、朔実は一旦手を放して下着も脱がせた。

「は…あ…っ…」

賢一を裸にすると、朔実はソファの前に屈み、固くなり上を向いた賢一自身を口に含んだ。一気に口内の深いところまで咥え、舌で賢一自身を直接味わう。賢一は大きく息を呑んだものの、朔実の行為を制することはなく、緩く彼の頭に手を添えた。

「…っ……ふ……っ…」

必死で耐えているような賢一の吐息にも色香を感じ、朔実は自分の中の欲望が増すのを感じる。唾液を絡ませ、唇や舌で丹念に愛撫《あいぶ》してやると、賢一自身はどんどん硬さを増していく。

屹立《きつりつ》した賢一のものを指で支え、舌で舐《な》め上げる。賢一が自分の愛撫で反応していくことに悦《よろこ》びを覚え、朔実は自分の下衣に手を伸ばした。ボタンを外し、硬くなっているものを出して自分で握る。

朔実が口淫しながら自分のものを弄っているのに気付いた賢一は、掠れた声で「朔実くん」と呼んだ。欲望の赴くまま、我を忘れて行動していた朔実ははっとし、動きを止めて賢一を見る。

賢一は身を屈め、朔実の額に口付けると、耳元で自分にもさせて欲しいと頼んだ。

「……俺が…する」

賢一の声はぞくりとするような色気のあるもので、朔実は半身が痺《しび》れるように感じた。賢一に促されるまま、体勢を入れ替え、自分の前に跪く彼を見つめる。躊躇わずに朔実自身を口に含んだ賢一は、彼自身の欲望の深さを感じさせる、濃厚な愛撫で朔実を味わった。

「っ……」

それが賢一だというだけで、朔実は欲望が振り切れるように感じていたのに、いやらしい行為を直接目にしたら堪らなくなった。少しでも油断すれば達してしまいそうなほど、一気に身体が熱くなる。

朔実は自分が過剰に興奮しているのを感じ、賢一の頭を摑んで「ごめん」と詫びた。不思議そうに自分を見る賢一の腕を摑んで身体を持ち上げ、自分の上に座らせる。

途中でやめさせたのを詫びるように口付け、正直に自分の状況を伝えた。

「…すぐに…いきそうで…」

「……。…いいよ」

「…中で…いきたい」

直接的な欲望を伝え、朔実は自分を跨いで座っている賢一の尻に手を這わせる。指先を敏感な部分に触れさせると、賢一は微かに眉を顰めた。

「…無理？」

「……」

甘えた声で聞く朔実に、賢一は首を振り、耳朶《じだ》に唇を寄せる。柔らかな肉を優しく噛み、朔実の耳の奥へ直接吹き込むように囁いた。

「ずっと……してないから…、きついかも…」

「…無理そうならやめるし……」

強引な真似はしない…と言う朔実に、賢一は再度首を振る。

「朔実くんが…欲しいんだ。…どうなってもいいから……」

欲しい。賢一の誘惑を聞くだけで達してしまいそうになったのをぐっと耐え、朔実は唇を重ねる。下腹部への刺激の重たさをごまかすように淫らな口付けを交わしながら、賢一を抱えたまま立ち上がる。しがみついて来る彼を自室へ運び、ベッドに横たえると、仕舞ってあった潤滑剤を取り出し、服を脱いだ。

裸になって賢一の上に覆い被さると、彼は大きな溜め息を零した。重かったのかと思い、「ごめん」と詫びながら顔を覗き込むと、賢一はそうじゃないと返す。

「…そうじゃないんだ…」

賢一はもう一度そう言って、朔実の首に腕をかけて引き寄せた。朔実は賢一に口付けを与えながら、彼の脚を開かせ、奥に潤滑剤を塗り込める。賢一の言う通り、入り口は狭くなっていたけれど、丹念に解《ほぐ》していく内に柔らかくなっていった。

何より、賢一の身体は快楽を覚えている。順応の早い身体に複雑な思いを抱きながらも、これから先、自分以外には決して触れさせないと誓うことでバランスを取る。朔実は賢一の様子を窺いながら、中に含ませた指を動かし、快楽の在処《ありか》を探った。

「…っ……ふ……」

キスをしながら賢一が息を呑むのが分かり、朔実は今し方触れた箇所を重ねて刺激する。賢一は唇を離すと、眉を顰めて朔実の腕を掴んだ。

「あ…っ……や…っ」

高い声を上げた賢一は、朔実の腕を掴んだ手に力を込める。朔実は後ろに入れていた指を抜くと、賢一の細い脚を抱え、濡れた孔に自分を宛がった。

体重をかけて慎重に賢一の中へ入り込んで行く。狭い箇所を抜けるのに時間がかかったが、賢一は辛そうな表情を見せたりしなかった。根本まで自分を入れてしまうと、朔実は恍惚《こうこつ》とした気分で賢一の耳元で告げる。

「……全部……入った…」

「ん……」

頷く賢一がキスを求めて来るのに答え、舌を絡ませる。賢一の中は熱く、濡れた内壁に包まれているだけで、達してしまいそうになるほどの悦楽を朔実に与えた。一頻《ひとしき》り口付けた朔実は、賢一に動いてもいいかと尋ねる。

「…ん……」

大丈夫…という掠れた声を聞き、朔実は賢一の脚を抱えて柔らかな裡《うち》側に自分を突き立てる。刺激を求めて絡みついて来る賢一の内壁は貪欲で、朔実を包んで放さない。賢一と繋がっているというだけでも、想像を絶する快楽だったが、味わったことがないほどの極上な身体が更に朔実を翻弄した。

「あっ……あ…っ…ん…っ」

「…ふ……っ…」

突き上げられる度に高い声を上げる賢一を愛おしく思って抱き締める。細い身体を思いのまま激しく揺らしていた朔実は、賢一の頭を抱えて、一際大きく突き上げる。賢一の「あっ」という高い声と共に、朔実は淫らに締め付ける賢一の中に欲望を吐き出した。

「は…っ…あ…っ」

短く息を継ぐ賢一の耳元で、朔実は「ごめん」と詫びた。それから、繋がったまま賢一の身体を抱え起こして自分の上に乗せると、向かい合った体勢で口付けを交わす。屹立したままの賢一自身を弄ると、中がぎゅっと窄《すぼ》まるのが分かり、朔実は賢一の耳に舌を這わせた。

「……もう一回…いい？」

「…ん…」

「一回じゃ…済まないかもしれないけど…」

何度でもしたい…と淫猥な動きで耳殻や首元を舐《ねぶ》りながらねだる朔実に、賢一は小さく息を吐いてから笑みを向けた。朔実くんのしたいようにしていいよ。甘い声で優しく囁く賢一と、朔実は恍惚とした思いで唇を重ねた。

顔にかかる仄かな光で目を覚ました朔実は、自分がどういう状況にあるのか、すぐに認識出来なかった。いつも通りの朝ではないのが少しして分かり、

驚いて飛び起きる。裸で寝ているわけを思い出すと、慌てて床に落ちていた下着を穿《は》き、それ一枚の格好で部屋を飛び出した。

「おじさん…っ…」

眠るまで腕に抱いていた賢一の姿がないのに恐怖し、高い声を上げて朔実は居間のドアを開ける。賢一がベランダの方から「ここだよ」と答えるのを聞き、ほっとして息を吐いた。いなくなってしまったのではと焦ったせいでどきどきしている胸を押さえ、朔実は賢一の顔を覗きに行く。

和室からベランダへ続く掃き出し窓を開け放ち、しゃがんで鉢植えの水仙を見ていた賢一は、朔実の姿を見て目を丸くする。

「どうしたの？」

「……おじさんがいなくなったのかと思って…焦って…飛び起きた」

正直に告げる朔実に苦笑し、賢一は「風邪ひくよ」と優しく注意する。確かに外から入って来る空気は冷たく、下着一枚の姿には辛い。着替えて来ると言いながら、朔実は賢一に今年は花が咲くのが遅かったのだと教える。

「年明けに雪が降ったり、結構寒かったから」

「東京でも積もったってニュースで見たよ。大変だった？」

「少しね」

大学から帰って来られなくなって、一晩泊まった…と答えた朔実は、続けて大きなくしゃみをする。賢一は眉を顰め、すぐに服を着て来るよう命じた。朔実は頷き、ついでにシャワーを浴びて来ると言い残し、部屋に戻った。

着替えを用意して浴室に入ると、熱い湯でシャワーを浴びた。身体を温めてから服を着て、台所を覗けば、賢一が食事の支度をしていた。

「何か食べられるもの、あった？」

「取り敢えず、ご飯を炊いたよ。おにぎりにしてるから、ちょっと待って。その間に洗濯物を干してくれる？」

「分かった」

賢一の求めに頷き、脱衣場の洗濯機から洗い終わった洗濯物を取り出し、ベランダへ向かう。空気は冷たいが、先ほどのように裸同然の格好ではないから、全然マシだ。空は青く、昼過ぎには気温も上がり、春めいた陽気になりそうな気配がした。

洗濯物を干し終え、足下を見ると、先ほど賢一が見ていた水仙が目についた。ついでに水をやっておこうと思い、じょうろを手に部屋の中へ入る。すると、賢一から水はもうあげたという声がかかった。

分かったと返し、朔実はベランダにじょうろを戻してから、空になった洗濯籠を脱衣場へ返した。洗濯物を干している間に食事の支度は終わり、ダイニングテーブルの上にはおにぎりが並んだ皿と、味噌《みそ》汁《しる》のお椀《わん》が用意されていた。賢一は朔実に座るよう勧め、お茶を飲むかと聞く。

「うん。俺やろうか？」

「いいよ。朔実くんは食べて」

椅子に腰掛け、朔実は賢一が握ったおにぎりを眺める。ゆかりをまぶしたものと、塩むすび。賢一は手先が器用だから、同じ三角のおにぎりが整然と並んでおり、とても綺麗だった。じっと見ていた朔実の前に湯飲みを置き、賢一は不思議そうに尋ねる。

「お腹、空いてない？」

「…ううん。空いてる。いただきます」

海苔《のり》が巻かれた塩むすびを手にし、一口齧ると、海苔の香りと、絶妙な塩加減の白米のうまみがとても美味しく感じられた。賢一が作ってくれるおにぎりを、常々美味しいと思って食べていたけれど、こんなにも美味しいものだったのかと、改めて発見した気分で朔実は「美味しい」と呟いた。

「そう？　よかった。何もなくて。塩と海苔だけでもおにぎりは美味しいよね」

「うん」

「味噌汁の味噌もやばいかなと思ったけど…うん。大丈夫」

朔実の向かい側に腰掛けた賢一は、お椀の味噌汁を口にして、お腹は壊さないはずだと悪戯っぽく笑って言った。朔実は「うん」と頷き、残りのおにぎりを食べてしまう。もう一つ、ゆかりのおにぎりを手に取って、「おじさん」と呼びかけた。

「ん？」

「……」

帰って来てくれるよね？　そう確かめたいのに、声が出なかった。こんな…昔に帰ったような時間を味わった後に、また賢一を失くしてしまうのは耐えられない。いや、長い間、待ち望んでいた関係を結んだ今、昔以上に…賢一と離れがたくなっている。

自分の気持ちをどう伝えればいいのか分からず、おにぎりを持ったまま、固まっている朔実に賢一は苦笑して、早く食べるように勧める。賢一の声は聞こえていたけれど、朔実は頭の中がいっぱいで、微動だに出来なかった。そんな朔実を見ながら、賢一はゆかりのおにぎりを手にして、頬張った。

「…うん。これも賞味期限が切れてたけど、いけそう」

「……」

俺が毒味したから平気だよ…と賢一が言うのに、朔実は遅れて頷き、ゆかりのおにぎりを食べた。無言で一つを食べ終え、味噌汁を飲む。実は乾物の若《わか》布《め》だけという寂しさでも、手作りの味噌汁を飲むのは久しぶりの朔実には、その美味しさが格別に感じられた。

ほっと息を吐く朔実を見ていた賢一は、視線を彼の向こう側にある和室へ移した。そこかしこに埃よけのシートが被せられている部屋を眺め、辰巳の名前を口にする。

「…辰巳さん、今頃連絡しても怒るよね？」

賢一の口からようやく未来を感じられる言葉が聞けたのにほっとし、朔実は大きく息を吐いた。緩く首を振り、小さな小さな声で「大丈夫だよ」と賢一に答える。賢一がいなくなった後も辰巳は定期的に連絡をくれて、自分と一緒に賢一の帰りを待ってくれていた。

賢一が見つかったという報告はまだ入れていないが、知らせたら大喜びしてくれるに決まっている。朔実は唇を歪めて微かに笑い、辰巳が口にしていた言葉を伝えた。

「…おじさんのお客さんは気の長い人が多いから、いつまでも待ってくれるはずだって言ってたよ」

「……」

「皆、おじさんを待ってるんだ」

だから、帰って来て。そこまで直接的な言葉は口に出来なかったけれど、朔実は自分の気持ちを精一杯、表す。賢一は不安げに見える顔つきで朔実を見つめ、「そうかな」と呟いて首を傾げた。だといいな。続けて賢一が口にした台詞に、朔実は「大丈夫だよ」と返す。

「おじさんが…どんな名前でも、どんな人間でも、おじさんはおじさんなんだから。俺を救ってくれて、俺とずっと一緒に暮らしてくれたのは、おじさんなんだから。俺はずっとおじさんの傍にいる」

「……」

「おじさんが天草にいたいって言うなら、そっちへ行くけど？」

　真面目な顔で言う朔実に、賢一は慌てたように首を横に振った。朔実くんには大事な仕事があるんだから…と続け、大きく息を吐く。強い視線で自分を見ている朔実にぎこちない笑みを返し、テーブルに肘をついて両手で顔を覆う。そのまま動かなくなってしまった賢一は、泣いているようで、朔実は何も言わずにもう一つ、おにぎりを食べた。

「……朔実くんは……優し過ぎる」

　呟く賢一に「そうでもないよ」と返し、朔実はおにぎりを飲み込む。こうして賢一と向かい合って食事をすることが、また日常になりますように。心の中で祈った願いは近いうちに叶うに違いないと信じ、泣いている賢一の姿を見つめていると、耳に慣れたミシンの音が何処からか聞こえて来るような錯覚がした。

あとがき

こんにちは、谷崎泉《たにざきいずみ》でございます。「願いごとは口にしない」をお手に取って頂き、ありがとうございます。

　このお話は一通り最後までお読み頂いた後、もう一度読んで頂くと楽しめるような形にしたつもりです。ああ、そうだったのかという気づきと共にお読み頂き、二人の関係が少しずつ変わっていく様子を感じ取って頂ければ嬉《うれ》しいです。

　挿絵を担当して下さいました、麻生海《あそうかい》先生。今回もありがとうございました。麻生先生の絵が頭の中で回っておりましたので、お願い出来たと聞いた時は小躍りしてしまいました。ラフを頂いた時も、イメージ通りの上に、想像を上回るかっこよさで…（朔実《さくみ》とか、もう…！）。さすがです。暑い中、お世話をおかけしてすみませんでした。

　担当さんにも色々ご尽力頂き、感謝しております。いつも長々とした話ばかりで、苦労させています。すみません。

　お読み頂いた皆様もありがとうございました。長い恋のお話。お楽しみ頂けましたら幸いです。

酷暑を越えて　谷崎泉

この本を読んでの
ご意見・ご感想を
お寄せ下さい。

〒151-0051
東京都渋谷区千駄ヶ谷4-9-7
(株)幻冬舎コミックス　リンクス編集部
「谷崎《たにざき》 泉《いずみ》先生」係／「麻生《あそう》 海《かい》先生」係

リンクス ロマンス

願いごとは口にしない

2015年9月30日　第1刷発行

著者…………谷崎《たにざき》 泉《いずみ》
発行人…………石原正康
発行元…………株式会社　幻冬舎コミックス
〒151-0051　東京都渋谷区千駄ヶ谷4-9-7
TEL 03-5411-6431（編集）
発売元…………株式会社　幻冬舎
〒151-0051　東京都渋谷区千駄ヶ谷4-9-7
TEL 03-5411-6222（営業）
振替00120-8-767643
印刷・製本所…株式会社　光邦
検印廃止

ISBN978-4-344-83531-3 C0293
Printed in Japan

幻冬舎コミックスホームページ　http://www.gentosha-comics.net